Lindolfo Weingärtner

Das Lied der Amsel

Lindolfo Weingärtner

Das Lied der Amsel

und andere Erzählungen

BRUNNEN
VERLAG GIESSEN · BASEL

Umschlagfoto: Zefa Frankfurt, Timothy Goshow
Umschlaggestaltung: Ralf Simon
Satz: DTP Brunnen
Herstellung: Wiener Verlag, Himberg
ISBN 3-7655-1700-3

Inhalt

Die sieben Werke der Barmherzigkeit

Leandro griff nach dem Wecker, der ihn aus dem Schlaf gerissen hatte. Es war jetzt, Mitte Juni, zur Zeit der langen Nächte um sechs Uhr noch stockdunkel.

Der Tag versprach unfreundlich und kalt zu werden. Durch das offene Fenster sah er vorbeidriftende Schwaden von Nieselregen, die berüchtigte *garoa. Garoa* bedeutete Südwind und Kälte. Die Männer, die sich wie er für die Arbeit an der neuen Brücke vorbereiteten, würden gewiss schon nervös sein: Südwind gerade an dem Tag, an dem man die große Trelisse* auf ihren Platz zwischen den Pfeilern 3 und 4 hieven wollte!

Eigentlich schade, dass sein Praktikum bei der Baufirma zu Ende ging. Der Bau der zweiten Brücke zwischen Kontinent und Insel war eine fantastische Sache, faszinierend bis ins letzte Detail. Ein Jahr noch, und er würde sein Studium hinter sich haben, und dann kam das faszinierendste aller Projekte: das Leben selbst. Es war herrlich, jung zu sein, das Leben vor sich zu haben, zu forschen, zu wagen, zu träumen!

Doch alles zu seiner Zeit. Jetzt hieß es erst einmal aufstehen und Kaffee kochen – für sich selbst und für Carlos, mit dem er das kleine Bretterhaus am Rande des Universitätsviertels teilte. Heute war er an der Reihe, die kleine „Republik" zu versorgen. Doch den fälligen Hausputz würde er noch einmal verschieben müssen. Heute konnte er bestimmt keine halbe Stunde dafür abzweigen, denn um halb acht musste er am Arbeitsplatz sein – und womöglich musste er sich auf einiges gefasst machen, was die Tagesplanung durcheinander bringen konnte.

Doch war da nicht noch etwas anderes, was ihn gestern Abend beim Einschlafen bewegt hatte? Natürlich! Auf einmal fiel ihm ein, weshalb er in dieser Herrgottsfrühe schon in solch froher Stimmung war, trotz des abscheulichen Wetters. Erstaun-

* Eiserner Fachwerkträger, verwandt zur vorübergehenden Abstützung eines Bausegments.

lich, wie die Dinge im Unterbewusstsein weiterwirkten, bis in den Schlaf und die Träume hinein!

Ja, das war es! Gestern Abend hatte er die „Sieben Werke der Barmherzigkeit“ vollendet. Eigentlich war es heute früh gewesen, eine ganze Weile nach Mitternacht jedenfalls, als er das letzte Brettchen mit den Hochrelieffiguren zu den anderen, bereits fertigen, gestellt hatte. Die Arbeit hatte ihn innerlich bewegt, hatte ihn nachdenklich gemacht. Sieben Miniaturen, in rötliches Laubzedernholz geschnitzt. Schade, dass er die Tafeln nicht für sich behalten konnte. Wie immer, wenn er eine fertig gestellte Schnitzerei ablieferte, fiel es ihm schwer, sich von seinem Werk zu trennen. Doch es war eine Bestellung. Der Ertrag würde wieder für zwei Monatsmieten reichen. Er brauchte das Geld, um die monatliche Summe, die er von den Eltern bekam, zu strecken.

Die Bildschnitzerei war für Leandro mehr als bloßer Zeitvertreib, und es ging ihm auch nicht in erster Linie ums Geldverdienen. Es gab Dinge, über die man nicht mit den Studienkollegen reden konnte, ebenso wenig wie mit den Professoren oder mit der Freundin. Er wusste es seit langem: Wenn sein Schnitzmesser eine Figur aus dem Holz herausholte, die er in Gedanken vor sich sah, dann befreite er sich von Spannungen und geheimen Ängsten, die sich in seinem Innern aufgebaut hatten. Er wusste, dass selbst die Wahl seiner Motive nicht zufällig war. Nicht selten wurden sie von ganz persönlichen Dingen beeinflusst, etwa von seinem Fragen und Suchen nach Sinn und Ziel des eigenen Lebens.

Im Falle der „Sieben Werke der Barmherzigkeit“ hatte ihn ein alter Holzschnitt inspiriert, der vor zweihundertfünfzig Jahren von einem unbekannten Künstler aus Minas Gerais geschaffen worden war. Die strengen archaischen Linien hatten ihn fasziniert. Doch beim Schnitzen hatte er der Vorlage seinen eigenen Stil gegeben, hatte seine innere Unruhe, vielleicht auch seine geheime Sehnsucht und uneingestandene Hoffnung in die Arbeit einfließen lassen.

Nachdem er den Wasserkessel auf die Gasflamme gesetzt hatte, konnte Leandro dem Drang nicht widerstehen, in die Werkstatt zu gehen und sein Werk zu betrachten. Er öffnete die Tür zu dem kleinen Verschlag, den er mit Einverständnis des Besitzers eigenhändig an die Hinterwand des Häuschens angebaut hatte. Freude und Genugtuung überkamen ihn, als er seine „Sieben Werke“ dort im Licht der Glühbirne stehen sah.

Nein, er konnte nicht – wie Gott, der Herr – sagen: „Und er sah alles, was er gemacht hatte, und es war alles sehr gut.“ Er wusste, seine Schnitzereien waren keine Meisterwerke. Aber sie waren auch nicht das Produkt bloßer Routine oder mechanischer Arbeit. Sie hatten ihm schöpferische Anstrengung abgefordert und ihn mit tiefer innerer Befriedigung erfüllt. Wenn er sich selbst fragte, warum dies so war, würde er nicht einmal die Antwort wissen.

Die stilisierten Figuren auf den Holztafeln waren mit den verschiedensten Hantierungen und Diensten beschäftigt. Die sieben Werke der Barmherzigkeit – ein christliches Lebensideal aus längst vergangener Zeit, von dem er wohl wusste, dass es sich schwerlich in den Rahmen einer technisierten und anonymen Gesellschaft einfügte: Kranke pflegen, Hungrige speisen, Nackte kleiden, Gefangene besuchen, Sterbenden beistehen, Tote bestatten – und schließlich das siebte Werk, das er am Vorabend fertig gestellt hatte: Traurige trösten ...

Vielleicht hatten die Alten das Geheimnis gekannt. Sieben, die Zahl der Vollendung und der Vollkommenheit. Die künstlerische Faszination, die das alte Bild auf ihn ausgeübt hatte, lag vielleicht gerade in dem Geheimnisvollen, lag in der mystischen Siebenzahl, die dem Werk des Menschen seinen inneren Sinn gab.

Wenn die Dinge heute noch so einfach wären! Nach außen hin gesehen, waren sie es vielleicht. Es gab heute perfektionierten Dienst und routinierte Barmherzigkeit: alles mit dem entsprechenden Etikett versehen, in Berufe gegliedert, in Gehaltsordnungen eingestuft ... Es gab die organisierte Barmherzigkeit der Kirchen, der Krankenhäuser, der Wohltätigkeitsvereine. Aber waren die Werke der Barmherzigkeit dabei nicht irgendwie ausgehöhlt und steril geworden? Wo blieb das Herz bei den Werken, die sich doch nach dem Herzen nannten?

Die Hände – sie waren geschickt und leistungsfähig geworden. Aber das Herz war geschrumpft ... Und musste Barmherzigkeit nicht gerade aus dem Herzen entspringen? Hatte sich in der christlichen Tradition die wahre Barmherzigkeit allmählich in eine Almosengesinnung verwandelt? Was hatten Almosen noch mit dem Herzen zu tun?

Das Summen des Wasserkessels riss Leandro aus seinen Tagträumen. Er schaltete die Lampe in der Werkstatt aus und schloss die Tür ab. Nach einem besorgten Blick auf die Armbanduhr trank er seinen Kaffee und aß in Eile ein Käsebrot.

Bevor er die Wohnung verließ, vergewisserte er sich, dass Carlos schon wach war. Sie hatten sich immer etwas zu sagen, der Freund, der nun bald fünf Semester Medizinstudium hinter sich hatte, und er, der angehende Maschinenbauingenieur. Er wechselte noch ein paar scherzhafte Worte mit dem Kameraden, ergriff dann seinen Regenschirm und nahm den Kampf mit dem Nieselregen auf, indem er mit raschen Schritten auf die Bushaltestelle zusteuerte.

Während der Bus auf der neuen Schnellstraße Zeit gewann, die er anschließend in dem Gewirr enger und verwinkelter Innenstadtgassen wieder verlor, versuchte Leandro sich auf sein heutiges Arbeitsprogramm zu konzentrieren. Er würde mit einer Gruppe von *nordestinos* arbeiten, Männern aus dem Nordosten, die das Gros der Facharbeiter stellten, die in der Baufirma tätig waren. Er würde die Leitung einer Gruppe von sechs Leuten übernehmen müssen, die die schwierige Aufgabe hatten, zusammen mit einer zweiten Arbeitsgruppe die vorgefertigte Eisentrelisse mit ihren Kopfenden auf die Pfeiler 3 und 4 zu hieven. Auf der provisorischen Hilfskonstruktion würde dann die Betondecke für ein weiteres Segment der Brücke entstehen.

Die gigantische Trelisse war schon vor Monaten von Facharbeitern aus Eisenträgern zusammengeschweißt worden. Sie sollte nun nach und nach zwischen die Brückenpfeiler gehängt werden, um die stufenweise Konstruktion der Betonsegmente zu ermöglichen. Eine erste Bewährungsprobe hatte sie bereits zwischen den Pfeilern 2 und 3 bestanden.

Leandro machte sich nichts vor: Was ihnen heute bevorstand, war ein schwieriges, ja gefährliches Unternehmen. Die Arbeit würde schnelle Entscheidungen von ihm erfordern, und alle Beteiligten würden die letzten Reserven ihrer körperlichen Leistung hergeben müssen. Voraussichtlich würde der einsetzende Südwind Schwierigkeiten machen. Man hatte bei der Planung nicht mit dem plötzlichen Wettersturz gerechnet. Doch die Trelisse war in den letzten Tagen von ihrer Position zwischen den Pfeilern 2 und 3 heruntergeholt worden, und nun musste die Arbeit unter allen Umständen weitergehen. Die Baufirma hatte die vertraglich festgelegten Fristen einzuhalten – andernfalls drohten Geldbußen. Bei dem schlechten Wetter würde die Operation möglicherweise nicht bei Tageslicht abzuschließen sein, was alles noch schwieriger machte.

Nachdem der Bus über die alte Hängebrücke das Festland erreicht hatte, stieg Leandro an der ersten Haltestelle aus. Hier, nahe am Meer, hatte der böige kalte Südwind das Sagen, und so versuchte er gar nicht erst, seinen Regenschirm aufzuspannen, während er in Richtung Baustelle eilte.

Als Leandro durch das Nordportal auf die Verwaltungsbaracke zusteuerte, begrüßte ihn der Wachtposten mit einem freundlichen: „Kommst früh heute, Ingenieur!"

Leandro antwortete mit einem etwas verlegenen „Hei, ja" (wie hatte ihm der „Ingenieur" gut getan!) und begab sich in den primitiven Umkleideraum, um seine Arbeitsmontur anzuziehen. Er spürte, wie der Wind seine Kräfte und seinen Kampfgeist weckte. Es versprach ein fantastischer Tag zu werden, nichts von Monotonie und farbloser Plackerei! Es würde Kampf geben, Entscheidungen mussten gefällt werden.

Dort draußen auf der Meerenge zwischen Kontinent und Insel machte sich die Trelisse breit. Sie ruhte in etwa 40 Metern Entfernung vom Ufer auf großen Schwimmkästen. Wie tief sie ins Wasser gedrückt wurden, wie sie sich unter dem Gewicht des 75 Meter langen Monstrums duckten! Das Eisengerüst wog gut und gern seine 200 Tonnen. Selbst wo die Kästen im flachen Wasser verankert waren, so dass sie fast auf dem schlammigen Meeresboden aufsaßen, geriet das Riesengebilde mit jedem neuen Windstoß in schaukelnde Bewegung. Gut, dass die Männer aus dem Nordosten ganze Kerle waren, die sich nicht scheuten, der Gefahr ins Auge zu sehen!

Leandro blickte auf seine Armbanduhr. Es war jetzt Viertel nach sieben. Noch eine Viertelstunde bis zum Beginn der für halb acht angesetzten „Operation Trelisse“. Er spürte seine innere Ungeduld. Am liebsten hätte er sofort zugepackt. Hoffentlich würde der leitende Ingenieur ihm Handlungsfreiheit geben! Er hatte gestern unter den Augen seines Chefs die gesamte Operation mit allen Details vorgeplant. Alle möglichen Gefahren, alle Dinge, die schief gehen konnten, hatte er in seine Planung einbezogen. Es war ihm nicht recht, jetzt auch nur ein paar Minuten des Tageslichts vergeuden zu müssen. Aber natürlich würden die Männer nicht antreten, bevor das Zeichen zum Arbeitsbeginn erklang.

Der Einzige aus der Mannschaft, der ebenfalls vorzeitig erschien, war Antonio, ein alter und erfahrener Vorarbeiter, der schon mehr als zehn Jahre bei der Firma war. Gewöhnlich war er freundlich und gesprächig, doch heute schien er irgendwie verändert, sah verschlossen und niedergeschlagen aus. Seine Züge wirkten müde und seine Augen ohne Glanz. Er musste irgendeinen Kummer haben, möglicherweise gesundheitliche oder familiäre Sorgen.

Leandro begrüßte den alten Vorarbeiter kameradschaftlich, doch gelang es ihm nicht, das Schweigen zu brechen. Nun, Antonio war im Grunde wie alle seine Landsleute. Seine Seelenlandschaft entsprach den geographischen Gegebenheiten seiner Heimat im Nordosten: Da gab es endlose ausgedörrte Landstriche mit trockenem, stachligem Gebüsch. „Trockene Kerle“ hatte ein bekannter Schriftsteller ihrer Heimat sie genannt – ein passender Name für die braunen, sehnigen Männer!

Punkt halb acht versammelte der leitende Ingenieur die Mannschaft zu einer Besprechung. Antonio war ganz und gar nicht begeistert von der Planung.

„Doktor, ich habe bestimmt keine Angst“, sagte er zu dem Ingenieur, „aber dieser Südwind ist unberechenbar! Wenn ein plötzlicher Windstoß die Trelisse von der Seite zu fassen kriegt und im kritischen Moment die Schaukelbewegung verstärkt, dann kann das ganze Ding ins Meer kippen. Und dabei könnte es Tote geben.“

Nach kurzer Überlegung sprach sich der Ingenieur – trotz der Einwände des Vorarbeiters – dafür aus, das Manöver zu wagen. Man müsste nur mit der nötigen Vorsicht zu Werke gehen. Antonio schien keineswegs überzeugt, sammelte dann aber ohne Widerrede seine Gruppe und bestieg mit den sechs Männern das Flachboot, das sie zum äußeren Schwimmkasten bringen sollte.

Der äußere Kasten musste mit einem Schlepper zu Pfeiler 4 gezogen werden, wo das Wasser bereits fünf bis sechs Meter tief war. Leandros Gruppe kümmerte sich um den inneren Kasten, der im Laufe der Operation von Pfeiler 2, wo er verankert war, zu Pfeiler 3 geschleppt werden musste.

Die beiden Motorschlepper hatten ihre Taue bereits an den Schwimmkästen befestigt und begannen vorsichtig, das schwere Gebilde in Richtung offenes Meer zu ziehen. Sie bewegten sich parallel zu den Pfeilern, um im richtigen Moment von Süden her die Trelisse in den Zwischenraum zu bugsieren. Man konnte dem Wind diese letzte Kraftleistung überlassen; das Ungetüm musste währenddessen nur geschickt gelenkt werden.

Obwohl die schwimmende Trelisse zeitweise stark schwankte, schien alles gut zu gehen. Langsam näherten sich die Schwimmkästen mit ihrer sperrigen Ladung den Pfeilern. Leandro und Antonio standen über die Sprechanlage miteinander in

Verbindung. Der Wind und das Lärmen der Maschinen machten eine normale Verständigung zwischen den Arbeitstrupps unmöglich.

Die erste Schwierigkeit tauchte auf, als die beiden Trelissenenden – die „Nasen“ – sich den ihnen zugedachten Pfeilern näherten. Dies war einer der kritischsten Momente der Operation. Und gerade jetzt erfasste der Südwind die Trelisse in ihrer gesamten Breite und brachte sie gefährlich zum Schwanken. Den beiden Schleppern gelang es nicht, die Schaukelbewegung auszugleichen, und schon war der innere Schwimmkasten gegen Pfeiler 3 gestoßen, während der äußere an Pfeiler 4 vorbeiglitt, so dass es nicht möglich war, die Nase der Trelisse in den Führungskanal auf der Innenseite des Pfeilers einzuführen.

Als die Taue sich endlich strafften und das schwimmende Ungetüm wieder unter Kontrolle kam, hatte sich die Trelisse stark geneigt. Die Kästen kamen zeitweise auf dem schlammigen Meeresboden zum Aufliegen – eine gefährliche Situation. Sie mussten dringend etwas unternehmen, um einen Unfall zu verhindern. Der leitende Ingenieur wies Antonio über Sprechfunk an, den Verschluss einer der Klappen seines Schwimmkastens zu öffnen, um diesen teilweise zu fluten. Man durfte hoffen, dass dieses Manöver die Trelisse wieder aufrichten würde.

Die Mannschaft Antonios folgte der Anweisung mit offensichtlicher Nervosität. Die Wellen, die in regelmäßigen Abständen den äußeren Schwimmkasten überspülten, begannen allmählich die Kammer zu füllen. Nach etwa 10 Minuten würde man den Deckel wieder schließen müssen. Doch kurz bevor die angesetzte Frist abgelaufen war, erfasste plötzlich ein starker Windstoß die Trelisse und brachte sie in beängstigender Weise zum Schwanken. Mehrere hohe Wellen überspülten den Schwimmkasten, so dass Antonios Leute völlig durchnässt waren. Die Sprechverbindung brach ab.

Antonio und seine Mannschaft hatten sich an die Eisenträger geklammert, während sie heftig miteinander diskutierten. Als eine weitere Welle über den Kasten hereinbrach und diesen für ein paar Sekunden völlig unter Wasser drückte, verließ einer der Männer das schwankende Gebilde und begann, sich über das Trägergewirr der Trelisse nach dem Land hin in Sicherheit zu bringen. Die Flucht des Ersten löste eine regelrechte Panik bei dem Rest der Mannschaft aus. Die *nordestinos* ließen ihre Werkzeuge liegen und folgten ihrem Landsmann.

Antonio war nicht in der Lage, seine Leute zu halten. Er schien ebenfalls den Kopf verloren zu haben. Ohne an die offene Fluterklappe zu denken, kletterte er seinen Leuten nach, um sich ebenfalls in Sicherheit zu bringen. Ein Flachboot holte sie auf halber Strecke ab.

Noch bevor das Boot ans Ufer stieß, machte Antonio seinem Unmut Luft.

„Doktor“, sagte er dem Chef ins Gesicht „ich war schon heute früh der Meinung, dass man bei diesem Wind die Trelisse nicht an ihren Platz bekommen wird. Wenn meine Leute erst einmal in Panik geraten, kann man nicht mehr mit ihnen arbeiten. Wenn Sie es wollen, gehe ich noch einmal zurück – aber nur mit Freiwilligen. Sonst benennen Sie jemand, der bereit ist, die Sache zu machen und die Verantwortung zu übernehmen!“

„Einen, der vor allem erst einmal die Fluterklappe schließt, die ihr offen gelassen habt!“ Die Stimme des Ingenieurs war kalt und schneidend. Man merkte ihm seine Erregung an.

Antonio schaute auf den schwankenden Schwimmkasten, und sein Gesicht erstarrte. Er stand da wie angewurzelt, aschfahl im Gesicht. Er, der Vorarbeiter Antonio, die Korrektheit in Person, er hatte eine unentschuldbare Fahrlässigkeit begangen. Das würde er nicht so leicht verkraften können. Für den Rest des Tages würde er stumm seine Pflicht tun und nur das reden, was unbedingt nötig war.

Der Ingenieur rief die Gruppe auf dem inneren Schwimmkasten an, der bisher weniger dem Wellengang ausgesetzt gewesen war. „Leandro, du musst das Kommando bei Pfeiler 4 übernehmen. Stelle fest, wer von deiner Gruppe bereit ist mitzumachen. Nur wer freiwillig geht, soll mit ins Boot steigen.“

Die Antwort ließ nicht lange auf sich warten: „Geht in Ordnung. Juca und Severino gehen mit mir. Schickt das Boot heraus mit drei weiteren Männern. Ich möchte aber grünes Licht haben, Entscheidungen zu fällen, die im Augenblick nötig sein könnten – auch was den inneren Kasten betrifft."

„Du sollst deine Chance haben, Leandro. Antonio wird den inneren Schwimmkasten übernehmen, und beide Gruppen hören auf dein Kommando. Ich verfolge die Operation von hier aus, für den Fall, dass die Lage noch schlimmer wird." Dann, zu den Arbeitern gewandt: „Jungs, wer meldet sich freiwillig für den Kasten da draußen?"

Bevor das Boot mit der neuen Mannschaft den inneren Kasten erreichte, war Leandro schon die Trelisse entlang zu dem gefährdeten äußeren Schwimmkasten geturnt. Er hatte geholfen, das Gerüst zusammenzuschweißen, und somit war es nicht seine erste Kletterpartie in dem Stangengewirr. Als er den schwankenden Kasten erreichte, der nun fast ständig von Wellen überspült wurde, gelang es ihm schließlich, den schweren und sperrigen Deckel der Fluterkammer zu schließen: Die größte Gefahr war damit abgewendet. Mit innerer Genugtuung hörte er die anerkennenden Zurufe vom Land her.

Als das Boot mit seinen fünf Gehilfen anlegte, besprach Leandro mit der Mannschaft seinen Plan. Die Windstöße waren noch stärker geworden, daher durften sie die Trelisse nicht länger mit der Breitseite vor dem Wind liegen lassen. Man musste sie vorübergehend in den Wind drehen und in Nord-Süd-Richtung einpendeln lassen.

Nach einer Viertelstunde gelang es den beiden Schleppern, das schwere Gebilde von dem schlammigen Grund freizumachen und in tieferes Wasser zu ziehen. Schwankend und schwerfällig setzte sich das eiserne Ungetüm in Bewegung, und nach einigen aufregenden Minuten lag es brav in Nord-Süd-Richtung, etwa hundert Meter von den Pfeilern entfernt, sicher an zwei Ankerketten vertäut.

Nun konnten sie nichts weiter tun, als abwarten, dass

der Wind sich legte. Leandro wusste, dass er kein weiteres Risiko eingehen durfte. Die Sache durfte nicht ein zweites Mal außer Kontrolle geraten. Um dem schwimmenden Gebilde die größtmögliche Stabilität zu verleihen, ließ er auch die drei restlichen Kammern der Eisenkästen bis zur äußersten Sicherheitsgrenze fluten.

Fast zwei Stunden lang blieb die Trelisse in Windrichtung verankert liegen. Die Mannschaft nutzte die Ruhepause, um ihre Mittagsmahlzeit einzunehmen, die ihnen das Boot in dampfenden *marmitas* brachte. Der Nieselregen hatte zum Glück nachgelassen, und alle waren froh, ihre durchnässte Arbeitskleidung gegen trockene eintauschen zu können.

Während er die wettergegerbten Gesichter seiner Leute betrachtete, konnte Leandro schwer seinen Gefühlen und Gedanken wehren. Wie anders waren diese Männer aus dem trockenen und heißen Nordosten als die Menschen, die hier im Süden des Landes lebten! Sie schienen verschlossen, als ob sie sich in einer anderen Welt bewegten. Wenn sie überhaupt Gefühle hatten, dann gelang es ihnen sehr gut, diese zu verbergen. Sie waren so „trocken" wie ihre heimatliche Steppe.

Leandro hatte immer versucht, korrekte Beziehungen zu den Bauarbeitern zu unterhalten, gerade auch zu den *nordestinos*. Doch wenn er mit ihnen sprach, konnte er spüren, wie sich eine unsichtbare Barriere zwischen ihnen bildete. Es lag sicher nicht daran, dass sie einfache Leute waren, von denen einige kaum lesen und schreiben konnten. Seine eigenen bäuerlichen Verwandten, die kaum 50 Kilometer entfernt in den Tälern des Küstengebirges wohnten, waren ebenfalls einfache Leute. Im Umgang mit ihnen hatte er niemals eine ähnliche Barriere verspürt. Oder waren die Menschen hier im Süden mehr vom Leben verwöhnt? Lag es daran, dass ihre Umwelt von europäischen Traditionen geprägt war?

Plötzlich musste er an die sieben Miniaturen denken, die er letzte Nacht fertig gestellt hatte. Angenommen, er wollte hier beim Brückenbau praktizieren, was er da in Zedernholz geschnitzt hatte! Er würde sich lächerlich machen, würde dabei zum Narren werden.

Tote begraben, zum Beispiel. Klar, es hatte Tote gegeben. Bisher waren es drei, die beim Brückenbau umgekommen waren. Und es würden vielleicht auch noch mehr werden, bis die Brükke fertig gestellt war.

Leandro war sehr geschockt gewesen, als er im vergangenen Monat vom Tode der zwei Paraibaner hörte, die mitten in der Nacht beim Pfeilerbau verschwunden waren. Einfach spurlos verschwunden. Möglicherweise stimmte es, was die *nordestinos* hinter vorgehaltener Hand erzählten: dass sie in den Röhren umgekommen seien, die man bis zum Meeresboden gesenkt hatte, um das Fundment des Pfeilers Nummer 5 zu bauen. Durch ein Versehen der Arbeiter, die die Pumpanlage bedienten, seien die beiden Männer in der Röhre von dem Pumpstutzen aufgesaugt und mit Druckluft durch das Rohr ins nächtlich Meer gespien worden. So seien beide in den trüben Fluten verschwunden, ohne dass es einer Menschenseele auffiel.

Ein unheimliches Sterben! Ein Gedanke, bei dem einem übel werden konnte. Ein einsames und anonymes Sterben, wie es auch immer passiert sein mochte. Tatsache war, dass man das Fehlen der beiden erst entdeckt hatte, als man beim Schichtwechsel feststellte, dass sie sich nicht mehr in dem 40 Meter tiefen Schacht befanden. Und auch auf der Arbeitsstelle waren sie nicht mehr gesehen worden.

Die Untersuchungskommission war aber zu ganz anderen Ergebnissen gekommen. Beide *nordestinos*, so hieß es, seien wahrscheinlich beim Verlassen des Schachts im Dunkeln ins Meer gestürzt und ertrunken. Die Familien waren natürlich entschädigt worden. Aber – Tote begraben? Für sentimentale Dinge hatte niemand bei diesem Großprojekt Zeit. Selbst als Hilario, der fröhliche und stets zu Streichen aufgelegte Hilario, vom Baugerüst gefallen und wie ein Stein im Wasser versunken war, ohne dass ihm jemand hatte helfen können, hatte die

Mannschaft mit versteinerter Miene weitergearbeitet. Auch als man die Leiche schließlich geborgen hatte.

Diese Männer aus dem Nordosten waren harte Burschen. Einige waren untereinander zerstritten, neigten zu Raufereien und Gelagen, besonders an den Zahltagen. Doch fast alle schienen fest mit ihren Familien verbunden zu sein, obwohl sie Frau und Kinder nur einmal im Jahr während ihres Ferienmonats sahen.

Leandro blickte auf seine Armbanduhr. Es war halb eins. Der Wind hatte sich zwar nicht gelegt, aber er tobte nicht mehr so ungestüm wie am Morgen. Wahrscheinlich würde er gegen Abend wieder mit voller Kraft einsetzen. Also musste man die günstige Zeit ausnutzen. Deshalb besprach er kurz mit seiner Gruppe den Aktionsplan.

Diesmal würden sie zunächst versuchen, die „Nase" der Trelisse in die Führung des Pfeilers 4 einrasten zu lassen. Erst wenn die Verbindung durch Stahlbolzen abgesichert war, würden sie das andere Ende in die Halterung des Pfeilers 3 einführen. An dieser kritischen Stelle hatte Antonio das Sagen. Er verfügte über die nötige Erfahrung, um eventuelle Änderungen an Nase und Führung vornehmen zu können, falls das nötig sein sollte.

Trotz der günstigeren Wetterbedingungen verlief die Operation nicht reibungslos. Einer der Schlepper lief auf eine Sandbank auf, und es dauerte eine halbe Stunde, bis er wieder freikam. An Pfeiler 4 rastete die Trelisse überraschend leicht ein, doch als das andere Ende des Eisengerüstes sich dem Pfeiler näherte, erkannte Antonio, dass die Maße nicht stimmten. Die „Nase" war 20 Zentimeter zu lang. Schneidbrenner mussten herbeigeschafft werden.

Es war schon halb vier, als die Trelisse schließlich auch in die zweite Führungsschiene einrastete. Jetzt konnte der zweite Teil der Operation beginnen. Die schwere Konstruktion musste mit Hilfe von zwei hydraulischen Hebekränen, die seitlich an den Pfeilern installiert waren, angehoben werden, bis ihre Oberseite mit den Pfeilerköpfen eine gerade Linie bildete. Das gigantische

Gerüst musste etwa 15 Meter angehoben werden – eine mühevolle Arbeit, die Geduld und Geschicklichkeit erforderte.

Die Hebekräne traten in Aktion. Langsam hob sich die Trelisse von den beiden Schwimmkästen ab. Trotz der Führung bestand die Gefahr, dass die Nasen aus der Halterung sprangen, besonders wegen der harten Stöße, die von den Schwimmkästen kamen, solange noch eine Verbindung bestand. Doch schließlich konnten die Kästen abgeschleppt werden, und zur allgemeinen Erleichterung hörte das Übelkeit erregende Stoßen und Schlingern auf.

Nachdem nun das Schlimmste überstanden war, merkten alle, dass sie todmüde waren. Die Männer wollten nun die Angelegenheit so schnell wie möglich hinter sich bringen. Doch Leandro bestand auf der genauen Einhaltung der Sicherheitsvorschriften: Jedes Mal, wenn die Trelisse auf ihren Führungsschienen um 5 Zoll gestiegen war und die Sicherheitsbolzen in ihren Löchern steckten, ließ er die Hebung aussetzen, bis die Muttern und Gegenmuttern auf allen Bolzen festgezogen waren. Die ständige Schrauberei war wohl eine mühsame Arbeit, doch Leandro stellte sich allen Einwänden gegenüber taub. Barmherziger als „Tote zu begraben“ war es auf jeden Fall, einen tödlichen Unfall zu verhindern, sofern man die Möglichkeit dazu hatte. In dem Punkt war er unerbittlich.

Wie erwartet begann der Südwind bei Hereinbrechen der Nacht wieder mit voller Kraft zu toben. Immer wieder mussten die beiden Arbeitsgruppen Pausen einlegen, oder eine Gruppe musste auf die andere warten, um ein gleichmäßiges Anheben der Trelisse zu ermöglichen. Zäh und verbissen arbeiteten die Männer im Schein der beiden Reflektoren, die man an den Pfeilern angebracht hatte.

Es war 2 Uhr früh, als die Trelisse schließlich fest verschraubt und gesichert zwischen den Pfeilern hing. Die Arbeit war getan! Wenn man die Schürfungen nicht rechnete, die es gegeben hatte, war niemand verletzt worden, und trotz der Kälte und der Müdigkeit waren die Männer bester Laune.

Die Plackerei war zu Ende, die Gefahr vorüber. Jetzt würden sie ihr durchnässtes Zeug loswerden, ihre Portion Bohnen und Reis mit Trockenfleisch essen – und dann schlafen, nichts als schlafen, den ganzen folgenden Tag hindurch, wenn sie es wollten. Natürlich würden sie eine Extraprämie für die Schinderei bekommen. Die Baufirma pflegte bei solchen Gelegenheiten nicht knauserig zu sein.

Als Leandro in die Baracke trat, um sein nasses und ölverschmiertes Zeug zu wechseln, bemerkte er Antonio, der sich schon umgezogen hatte. Nachdenklich stand er vor einem Wandbild mit einer technischen Zeichnung. Er wirkte verschlossener denn je, alt und müde.

„He, Antonio! War schon eine Plackerei heute ... Aber Ende gut, alles gut!" Leandro verspürte einen inneren Drang, irgendetwas zu sagen, was dem Alten gut tat.

Antonio sagte kein Wort. Während Leandro das strenge Profil des Mannes betrachtete, fiel ihm plötzlich auf, dass Antonios dunkelhäutiges Gesicht eine überraschende Ähnlichkeit mit einer seiner geschnitzten Figuren aufwies. Der zusammengepresste Mund, das faltige Gesicht, der gebeugte Kopf. Tatsächlich: Antonio war der „Traurige", sein Aussehen entsprach der Figur, die er in seiner letzten Schnitzarbeit dargestellt hatte.

Hatte er etwa, ohne sich dessen bewusst zu sein, seinem Werk die Züge Antonios verliehen? Es musste so sein; anders war die Ähnlichkeit nicht zu erklären. Eine überraschende, verwirrende Entdeckung war das!

Traurige trösten, das siebte Werk der Barmherzigkeit: Musste er in dieser Situation – um nicht mit sich selbst in Widerspruch zu geraten – nun die Rolle des Trösters spielen? Die Rolle? Nie und nimmer! Lieber die Zähne zusammenbeißen und schweigen als eine Rolle in dem großen gesellschaftlichen Theater spielen. Lieber eine Maske aufsetzen, um zu verbergen, was man wirklich dachte!

Doch dann begann Antonio zu reden, ohne von seiner technischen Zeichnung wegzublicken. „Ja, junger Mann, heute war dein großer Tag. Und ich, ich habe heute den Clown gespielt."

„Das sehe ich gar nicht so, Antonio", widersprach Leandro. „Du hast durchaus vernünftig gehandelt. Du bist verantwortlich für deine Leute. Ich meine, du hast keinen Grund, dir Vorwürfe zu machen. Mit einer Mannschaft, die in Panik geraten ist, lässt sich nicht arbeiten. Und schließlich ging ja alles gut aus, nicht wahr?"

„Leandro, du weißt sehr gut, was es ist, das mich wurmt. Es geht nicht darum, dass meine Leute geflüchtet sind. Ich selbst, ihr Vorarbeiter, habe den Kopf verloren, gerade in dem Moment, als ich ihn am nötigsten gebraucht hätte. Ich bin wie ein verschrecktes Huhn hinter den Kerlen hergerannt und habe dabei vergessen, den Deckel zu schließen. Durch meine Nachlässigkeit hätte das ganze Ding absaufen können. Der Chef hat mir gerade vorhin bestätigt, was ich mir selbst den ganzen Tag gesagt habe."

Traurige trösten ... Leandro spürte die Traurigkeit des Alten fast körperlich. Es war, als ob ihm etwas die Luft abdrückte. Er konnte jetzt nichts sagen. Nein, er kannte das Geheimnis nicht. Er würde es niemals erfahren. Es war eine Aufgabe, die Menschenkraft überstieg. Wohlmeinende Worte konnten hier nicht helfen.

Leandro sah das ernste Gesicht Antonios vor sich. Bevor man den Mund zum Sprechen auftat, musste man sehen, musste man wahrhaftig sehen! Durch die Wand hindurch, durch die Maske, in sein wahres Gesicht, in das Herz eines Menschen hinein! Unmöglich – es sei denn, ein Wunder geschah, es sei denn, Gottes Gnade übernahm das Werk. Mit dem eigenen Herzen in ein anderes Herz hineinsehen – war das nicht zu viel verlangt von einem jungen Menschen wie ihm, der seine Nöte mit sich selber hatte?

Was sollte er tun? Sollte er wortlos weggehen, sollte er sich von Antonio mit ein paar netten Worten verabschieden? Die Mauer würde bleiben. Nein, so ging es auch nicht!

„Antonio, ich will mich nicht in dein Leben einmischen. Doch ich sah schon gestern, dass du niedergeschlagen aussahst. Vielleicht hast du einen Kummer, der deine Gedanken so ausfüllt, dass anderes zu kurz kommt."

Antonio blickte überrascht auf. Er sagte nichts, doch war er sichtlich verlegen. Nach einigen Augenblicken, die nicht enden wollten, sagte er mit leiser Stimme: „Du hast Recht, Leandro. Nicht dass es mich rechtfertigt, aber es ist so, wie du sagst. Und ich bin mir sicher, dass kein Mensch dir das verraten hat, denn ich allein weiß von der Sache. Aber es hat keinen Zweck, darüber zu reden. Es gibt einfach keine Lösung. Ich muss allein damit fertig werden."

„Tut es dir nicht gut, Antonio, wenn du weißt, dass neben dir ein Mensch ist, mit dem du deinen Kummer teilen kannst? Selbst wenn es ein junger Kerl ist, der noch nicht viel vom Leben weiß?"

„Ich weiß nicht, Leandro. Du kannst mir nicht helfen ... Es ist eine Familiensache. Wenn der Vater 3000 Kilometer von Frau und Kindern entfernt lebt, dann passiert eben, was nicht passieren sollte – wenn du verstehst, was ich meine."

Wieder stand die Wand zwischen ihnen, zwischen dem jungen Mann aus dem Süden und dem alten Mann aus dem Norden. Antonio hatte es selbst gesagt: Er, Leandro, würde ihm nicht helfen können.

„Antonio, gibt es da nicht ... Ja, gibt es da nicht eine Instanz, an die wir uns immer wenden können ... die uns hilft, mit den Dingen fertig zu werden? Du weißt, ich spreche nicht vom Chefingenieur. Ich denke an den Herrn der Welt, dem keiner von uns zu gering ist."

„Ich weiß", sagte Antonio mit ruhiger Stimme, „es gibt eine oberste Instanz. Es gab Zeiten, da wusste ich es besser, und da war mein Leben auch besser. Danke, dass du mich daran erinnert hast. Manchmal vergisst der Mensch Gott. Er vergisst ihn schlicht und einfach – gerade so wie ich heute vergessen habe, den Deckel des Flutertanks zu schließen. Und dann dringt das

Wasser ein, und das Herz wird schwer und schwerer. Ich weiß, dass nur er mir helfen kann, mir und meinem Sohn in Recife. Er ist so alt wie du, Leandro. Hat sich in seinem Leichtsinn in eine schlimme Sache verwickelt. Sein Vater arbeitet hier im Süden, fünf Tagereisen von ihm entfernt, und kann gar nichts tun."

Leandro wusste, er konnte hier nicht weiter fragen. Er wollte Antonio nicht dazu drängen, sein Leben vor ihm auszubreiten. So reichte er ihm die Hand: „Was du jetzt brauchst, Antonio, ist Schlaf, nichts als Schlaf. Ich bin sicher, dass es auch für deinen Jungen in Recife einen Weg aus den Schwierigkeiten gibt, in die er geraten ist. Und, Antonio, vor dem Einschlafen musst du den Deckel fest schließen. Du wirst Mut brauchen, mit allem fertig zu werden. Da muss das Herz leicht sein, man darf es nicht voll laufen lassen! Schlaf gut, Antonio!"

„Gute Nacht, Leandro." Antonios Stimme klang ein wenig gelöster als vorher. Es war für ihn ein schwerer Tag gewesen.

Während er auf den Kombiwagen der Firma zuging, der ihn nach Hause bringen würde, verspürte Leandro eine eigenartige Mischung aus Scham und Dankbarkeit in sich aufsteigen. Wie ungeschickt war er gewesen bei seinem Versuch, Antonio Mut zu machen! Aber er hatte es einfach tun müssen!

Traurige trösten: Er musste es besser lernen. Das gesamte Leben war ein Lehrgang für das Wesentliche und Wahre ... das, was Gott wollte. Und es war gut, Lehrling zu sein, auf allen Gebieten – nicht nur auf der Uni und bei der Baufirma. Leben zu lernen – ja, darum ging es. Er musste leben lernen an der Seite von anderen Menschen: als Mensch und als Christ. Er wollte sich nicht damit begnügen, einen Platz auszufüllen, den andere ihm zugedacht hatten. Und er durfte nicht nur geben wollen. Hatte Antonio ihm heute nicht mehr gegeben als er ihm? Bedeutete Leben nicht gerade, dass man nahm und gab? Dass man sich von Gott trösten ließ und dann diesen Trost weitergab?

Hier lag das Geheimnis – nicht nur das Geheimnis der sieben Werke der Barmherzigkeit. Hier lag das Geheimnis des Lebens selbst.

Das Lied der Amsel

Das Altenheim war noch zu der Zeit gebaut worden, als man meinte, alte Menschen brauchten vor allem frische Luft und viel Natur, um sich wohl zu fühlen. Erst später wurde erkannt, dass der größte Feind im Alter die Einsamkeit ist. Allerdings verschont dieser Feind selbst mitten in der Stadt gelegene Heime nicht. Er fragt nicht nach reich oder arm, nach Bildung oder sozialer Stellung. Er fragt auch nicht nach Mann oder Frau, obwohl manche – meist sind es die Männer – meinen, Frauen würden leichter mit der Einsamkeit fertig. Es gibt leider kein Instrument, mit dem man den Grad der Einsamkeit eines Menschen messen kann.

Das Heim, von dem hier die Rede sein soll, lag also fern der Stadt, inmitten bewaldeter Berge und umgeben von Feldern und Weiden. Etwa 120 alte Menschen lebten in diesem Haus, und keinem von ihnen fehlte das zum Leben Notwendige. Die Gemeinden, die das Heim erbaut hatten, ließen es sich etwas kosten, dass ihre Alten mit allem versorgt waren und dass auch solche aufgenommen werden konnten, die finanziell nicht in der Lage waren, die erhobenen Pflegesätze zu zahlen. Wie es um die Einsamkeit der Heimbewohner bestellt war? Nun, die Antwort auf diese Frage müssen wir noch etwas anstehen lassen.

Da unser Heim in kirchlicher Trägerschaft war, wurde es von einem Pastor geleitet, der sich nach Kräften um das leibliche und seelische Wohl der Alten bemühte. Pflegefälle blieben im Hause, und wenn jemand starb, so wurde er auf dem anstaltseigenen Friedhof bestattet, der in Sichtweite des Hauptgebäudes lag. Er gehörte zum Alltag der Bewohner dazu, und die meisten von ihnen fanden das richtig. Auch wenn sie starben, würden sie da bleiben dürfen, wo sie ihren Lebensabend verbracht hatten – für viele ein tröstlicher Gedanke.

Alle Menschen müssen im Alter lernen, Nachbarschaft mit dem Tode zu halten. Bei einigen wird es eine gute Nachbarschaft, andere dagegen werden nicht gern an das Thema erinnert. In unserem Heim war es nicht nur der nahe gelegene Friedhof, der die Alten mahnte, an den Tod zu denken. Es war nun einmal so, dass die Siebzig- und Achtzigjährigen häufig erleben mussten, wie einer aus ihrer Mitte gerissen wurde. Im Speisesaal, in den Aufenthaltsräumen oder auf den Sitzbänken im schattigen Garten hinterließ der oder die Verstorbene dann einen leeren Platz.

Es gab selten einen Monat, in dem keiner der Alten auf den Gottesacker getragen wurde. Und wenn einmal ein oder zwei Monate vergingen, in denen niemand starb, so hatte das Glöckchen der Anstaltskapelle im dritten Monat bestimmt doppelt oder dreifach zu läuten. Es gab mit langsamen Schlägen bekannt, dass wieder einer entschlafen war, der lange Zeit das Leben der kleinen Gemeinde geteilt hatte. Ganz tief im Herzen regte sich dann wohl bei jedem Heimbewohner die Frage: Wann wird das Glöckchen für mich läuten?

Gestern hatte die Totenglocke das Sterben der alten Irmingard verkündet. Ja, es gab hier noch Frauen und Männer mit solch altehrwürdigen Namen wie Irmingard, Clothilde, Fridolin und Theophil – neben anderen, die modische Namen trugen oder einfach, wie landesüblich, Maria hießen oder José, Giacomo, Dulce ... je nachdem, wo ihre Wiege gestanden hatte. Die mit den alten Namen waren manchmal ganz besondere Menschen, belesen und mit Dingen vertraut, die in den populären Zeitschriftenreportagen und Fernsehprogrammen nicht vorkamen.

Irmingard war solch ein Mensch gewesen. Sie hatte ein schweres Schicksal gehabt. In ihrer Heimatgemeinde war sie jahrzehntelang Organistin gewesen, ehrenamtliche Organistin; und sie hatte nicht nur Musik und Gesang geliebt, sondern auch die Menschen, die spielten und sangen. Vor allem die Kinder hatte sie um sich gesammelt, um sie spielen und singen zu lehren. Ja, solch ein Mensch war Irmingard gewesen.

Als fast Vierzigjährige hatte sie einen Witwer mit vier kleinen

Kindern geheiratet. Nachdem ihr Mann schon wenig später gestorben war, hatte sie seine Kinder mit großer Treue und Liebe großgezogen – was diese ihr auch niemals vergaßen, wie sie bei ihren Besuchen im Heim gern beteuerten.

Doch nicht vergessen ist eine Sache, und Liebe mit Liebe erwidern eine andere. Es war so gekommen, wie es sich in unserer Zeit oft ergibt: Die Kinder hatten geheiratet, alle vier waren weggezogen, waren nun samt ihren Ehegatten berufstätig – und in den Wohnungen war einfach kein Platz für eine alte, pflegebedürftige Frau. Nicht einmal für solch eine Frau wie Irmingard, die so viel Liebe und Zuwendung verschenkte.

So war Irmingard schließlich im Altenheim gelandet, nachdem sie wegen ihres Diabetes nicht mehr allein in der Wohnung bleiben konnte. Keine Frage, es war wirklich die beste Lösung für sie gewesen. Man hatte ihr schon ein Jahr vor dem Umzug in das Heim ein Bein amputiert; ein paar Jahre später hatte der Arzt auch das andere abnehmen müssen, da ihr andernfalls ein qualvoller Tod beschieden gewesen wäre. Irmingard hatte sich zu Anfang gegen diese zweite Amputation aufgelehnt, wollte lieber sterben als dermaßen verstümmelt weiterleben, aber schließlich hatte sie sich doch dazu durchgerungen, in die Operation einzuwilligen.

Das Sitzen im Rollstuhl hatte ihr anschließend Schmerzen bereitet, so dass sie jahrelang hilflos im Bett verbringen musste, ganz auf andere Menschen angewiesen. Da sie klein und zierlich von Gestalt war, nahmen die Pflegerinnen sie wie ein Kind auf die Arme, wenn sie umgebettet wurde. In ihren letzten Lebensjahren wog sie wohl nicht mehr als 35 Kilo; ein Häuflein menschlicher Hilflosigkeit und Hilfsbedürftigkeit.

Irmingard war eine gläubige Frau, deswegen klagte sie Gott nicht an. Doch manchmal wunderte sie sich über seine Ratschlüsse und Führungen. Sie kannte Zeiten, in denen es ihr schien, ihr Glaube sei nicht mehr als ein glimmender Docht, der jeden Augenblick zu verlöschen drohte. Doch sie glaubte ja nicht an ihren Glauben. Sie glaubte an den Gott, der Glauben schenkt, mitten im Zweifel und in der Verzweiflung. Ja, Irmingard kannte ein Geheimnis. Sie hatte gelernt, Frieden, Mut und Freude nicht aus ihren Gefühlen oder ihrem Befinden zu schöpfen, sondern aus Gottes Verheißungen.

Die anderen Alten spürten dieses Geheimnis. Sie kamen zu ihr und saßen an ihrem Bett, schwiegen mit ihr oder erzählten aus ihrem Leben. Irmingard konnte zuhören aber auch zur rechten Zeit reden, und mancher holte sich bei ihr Rat und Trost, der anderswo keinen Rat und Trost gefunden hatte.

Selbst Fridolin, der die Bibel kannte wie kein anderer, saß gern an ihrem Bett und redete mit ihr über seine Erkenntnisse. Irmingard hörte ihm gerne zu, wenn sie auch die Bibel manchmal anders verstand als er. Die Schrift gab für sie die Himmelsrichtung an, war jedoch kein mit Wegweisern versehener Pfad, den es nach Vorschrift zu gehen hieß. Sie war eine göttliche Anweisung zum Glauben und zum Leben, nicht eine Sammlung von Lehrsätzen. Doch im Grunde verstanden sich die beiden gut, und der alte Fridolin war nach seinen Gesprächen mit Irmingard immer ein wenig umgänglicher als sonst.

Der Heimleiter wusste, dass Irmingard die geheime Seelsorgerin des Hauses war. Und so schickte er manchmal Menschen zu ihr, die gerade Kummer hatten oder zu depressiver Grübelei neigten – wohl wissend, dass sie ihnen besser helfen konnte als er selbst.

Wir sagten zu Anfang, dass der größte Feind alter Menschen die Einsamkeit ist. Dies war auch in unserem Altenheim der Fall, und es lag sicher nicht nur daran, dass man das Haus fern der Stadt in ländlicher Umgebung errichtet hatte. Die bitteren Quellen der Einsamkeit entspringen ja in den Abgründen unseres eigenen menschlichen Herzens. Wenn dort der Wasserpegel steigt, können sie – selbst in der fröhlichsten Gesellschaft – aus dunkler Tiefe hervorbrechen und alle Freude ertränken.

Erst als Irmingard gestorben war, wurde vielen Bewohnern bewusst, dass sie sich in ihrer Gegenwart nicht einsam gefühlt hatten. Keiner konnte genau sagen, warum das so war. Es musste daran gelegen haben, dass diese Frau, wie gesagt, ein Geheimnis hatte. Da sie von Gott her lebte und nicht aus sich selbst heraus, hatte sie von ihm eine besondere Gabe erhalten: Sie öffnete anderen gegenüber ihr Herz – und konnte gleichzeitig die Herzen anderer Menschen mit einem geheimen Schlüssel öffnen. Bis ins hohe Alter hatte sie die Fähigkeit bewahrt, Menschen zu lieben und sich ihnen zuzuwenden.

Nun war Irmingard gestorben. Am Nachmittag des darauf folgenden Tages sollte sie auf dem Anstaltsfriedhof beerdigt werden. Alles, was Menschen bei solch einem Trauerfall zu tun pflegen, war getan worden. Man hatte Irmingards welken und verstümmelten Körper gewaschen, ihre schütteren Haare gekämmt und aufgesteckt und hatte sie in ihr bestes Gewand gekleidet. So lag sie nun im großen Versammlungssaal aufgebahrt, ihr schmales Gesicht bleich und ernst und ein wenig fremd zwischen all den fröhlichen Blumen. Selbst die mit dem Tode Vertrauten spürten stärker als sonst eine große Traurigkeit und ein fast ungläubiges Befremden darüber, dass sie nun nicht mehr unter ihnen sein würde.

Die Pflegerinnen hatten den unteren Teil des Sarges ganz mit weißen Chrysanthemen voll gesteckt, so dass man nicht sehen konnte, dass bei der Entschlafenen an Stelle der Beine eine leere Stelle klaffte. Auf dem Friedhof hatte der Totengräber eines der schon im Voraus ausgehobenen Gräber für sie bereitet. Blumen und gebundene Kränze lagen bereit, ihre letzte Ruhestätte zu schmücken. Kinder und Enkel und einige Bekannte aus ihrer Heimatstadt waren gekommen, und nun würde alles seinen vorgesehenen Gang gehen.

Doch Gott, der Herr, hatte beschlossen, den Tag, an dem Irmingard zur Ruhe bestattet werden sollte, in besonderer Weise festlich zu gestalten, so wie es Menschen überhaupt nicht tun können. Deswegen hatte er es so gefügt, dass zur Stunde der Beerdigung ein Unwetter über das Tal zog, mit Blitz und Donner und Regenschwaden, so dass sich der Trauerzug von der Kapelle zum Friedhof um eine ganze Weile verzögerte.

Es war bei den Bestattungen im Heim üblich, dass der Pfarrer die Leichenrede auf dem Friedhof hielt und nicht in der Kapelle. Die Alten hatten es gern so, denn es half ihnen, mit dem Schweigen an dieser Stätte der Toten fertig zu werden.

So hatte sich die Gemeinde zwischen den Gräbern auf dem oberen Teil des Friedhofs versammelt, mit dem Blick ins Tal, und der Pfarrer stand auf dem unteren Teil, mit dem Blick auf den fernen Bergrücken, hinter dem sich die Sonne zum Untergehen anschickte.

Als der Pfarrer nach Lied und Schriftlesung mit seiner Ansprache begann, lag plötzlich ein eigenartiges Licht über dem Tal. Es stand noch die dunkle Wolkenwand am Himmel, aber vor dem Hintergrund der abziehenden Gewitterwolken war ein Leuchten entstanden, das sich alsbald in einen Regenbogen verwandelte, der so nah schien, dass man meinte, ihn mit Händen greifen zu können. Es war ein festlicher Regenbogen, dessen Glanz stetig zunahm, und sein Widerschein spiegelte sich auf den Gesichtern der Alten.

Der Prediger stand mit dem Rücken zum Tal, sah nichts von der himmlischen Pracht. Er bemerkte den Glanz auf den Gesichtern der Anwesenden, wusste ihn aber nicht zu deuten. Er sprach über ein Wort des Apostels Paulus aus dem Römerbrief, nämlich dass die Leiden dieser Zeit nicht ins Gewicht fallen gegenüber der Herrlichkeit, die an uns offenbart werden soll.

Über die Leiden dieser Zeit zu sprechen, lag bei der versammelten Gemeinde nahe. Jeder der Alten hatte ein Bündel zu tragen, und so mancher hatte sich die Schultern wund geschleppt an der Last, die ihm das Leben auferlegt hatte. Manchem war das Herz wund geworden, und die Wunde war noch nicht verheilt. Nein, Menschenleid durfte man nicht unter den Teppich kehren, wenn man von der Herrlichkeit sprechen wollte.

So erzählte der Prediger aus dem Leben der Verstorbenen. Er zeichnete ihren Lebenslauf nach, gedachte ihres Dienstes und rühmte ihre Treue. Ja, die Entschlafene hatte die Leiden dieser Zeit auskosten müssen. Es war der unerforschliche Ratschluss Gottes, dass gerade Menschen des Glaubens leiden mussten. Gerade ihr, deren Füße jahrzehntelang zu Gottes Ehre die Orgelpedale getreten hatten, gerade ihr mussten beide Beine abgenommen werden. Gerade sie, die so gern mit fröhlichen jungen Menschen gesungen und gespielt hatte, gerade sie musste ihren Lebensabend bettlägerig unter Alten und Kranken verbringen. Ja, Gottes Wege mit den Menschen waren unbegreiflich ...

In dem Augenblick, als der Prediger von den abgenommenen Beinen Irmingards gesprochen hatte, geschah es, dass der Regenbogen sich in den Wolken zu spiegeln begann, so dass nun ein strahlender Doppelbogen am Himmel stand – so vollkommen, wie ihn ein Mensch selten zu Gesicht bekommt. Das Tal lag bereits im Abendschatten, weil die Sonne mittlerweile hinter dem Bergrücken versunken war, und doch schien es, als ob die ganze Natur in überirdischem Glanz erglühte.

Nun spürte auch der Prediger die Bewegtheit der Trauergemeinde. Er sah, dass die Gesichter sich verändert hatten – als würde vor ihnen nicht mehr ein Bestattungsritus ablaufen, sondern als hätten sie soeben etwas Gewaltiges und Herrliches erlebt, das ihren Alltag überstrahlte.

Der Prediger aber war innerlich noch bei den Leiden dieser Zeit. Er hatte sein Predigtkonzept im Kopf und konnte doch – nur der bewegten Gesichter wegen – nichts an dem ändern, was er zu sagen gedachte. Er war sichtlich verwirrt, weil es so schien, als seien die Zuhörer schon bei dem zweiten Teil seiner Auslegung angelangt, bevor er überhaupt etwas von der Herrlichkeit gesagt hatte.

Als er einen Augenblick lang innehielt, rief der alte Fridolin laut und vernehmlich in die Stille hinein: „Herr Pfarrer, drehen Sie sich doch einmal um! Das Zeichen des Bundes!"

Der Pfarrer war bei seinen Schützlingen allerlei Wunderlichkeiten gewöhnt, und so tat er Fridolin den Gefallen und wandte sich um.

Und dann sah auch er die Herrlichkeit. Und er merkte, dass

Gott selbst den Teil der Grabrede übernommen hatte, der von der Herrlichkeit handelte, die an uns einmal offenbart werden soll. So sagte er nur: „Ja, Fridolin hat Recht. Das ist das Zeichen des Bundes!"

Und so kam es, dass bei der Beerdigung der alten Irmingard Pfarrer und Gemeinde einige Minuten lang still neben dem offenen Grabe standen und – innerlich bewegt – sich dem Glanz öffneten, der von Gottes Bundesbogen ausstrahlte.

Während sie so still dastanden, begann auf einmal ganz leise vom nahen Waldrand her ein schwarzer *sabiá* zu singen. Es war ein ganz zartes Lied, wie es die einheimischen Amseln gern anstimmen, wenn der Tag sich neigt. Der Vogel sang wohl zwei Minuten lang, und als er verstummte, verlor auch der Regenbogen seinen Glanz.

Nun wandte sich der Pfarrer wieder der Gemeinde zu, sprach noch von der Hoffnung der Entschlafenen und der Herrlichkeit des ewigen Lebens.

Alles Weitere verlief in gewohnter Weise: Der Sarg wurde ins Grab gesenkt. „Erde zu Erde, Asche zu Asche, Staub zu Staub. Es wird gesät ein natürlicher Leib, es wird auferstehen ein geistlicher Leib." Sie sprachen zusammen das Vaterunser und stellten sich unter den Segen Gottes.

Die meisten Heimbewohner kehrten nach der Friedhofsfeier gleich ins Haus zurück. Nur um Fridolin hatte sich eine Gruppe gebildet, die noch eine Weile mit ihm diskutierte.

Fridolin bestand darauf, der Regenbogen sei zweifellos ein Zeichen von Gott her gewesen, der Pfarrer habe es ja selbst gesagt. Und es stehe übrigens auch in der Schrift, dass der Herr ihn nach der Sintflut an den Himmel gesetzt habe als ein Bundeszeichen für die ganze Menschheit.

Er weigerte sich jedoch, auch den singenden *sabiá* als Offenbarung Gottes zu verstehen. Davon stehe nichts in der Schrift, dass auch Vögel den Auftrag hatten, mit ihrem Gesang den Menschen etwas mitzuteilen. Die Taube, die das Ölblatt in die Arche trug, habe nicht gegurrt, der Rabe, der dem Propheten

Elia Nahrung an den Bach Krit brachte, habe nicht gekrächzt – sie hätten nur stumm ihren Dienst getan, weiter nichts.

Einer wandte ein, der Hahn, der ja schließlich auch ein Vogel sei, habe dem Petrus, als dieser Jesus verleugnete, sehr wohl etwas zu sagen gehabt. Doch Fridolin ließ sich nicht beirren. Der Hahn habe gekräht, meinte er, aber das sei von ungefähr geschehen, er habe selbst nicht gewusst, weshalb er krähte ... und in den Worten Jesu, dass Petrus ihn vor dem Hahnenschrei dreimal verleugnen würde, da sei der Hahnenschrei nur als Zeitankündigung zu verstehen, als weiter nichts. Man gerate leicht in Schwärmerei, wenn man alles in der Natur geistlich deuten wolle.

Einige aus der Gruppe erhoben Widerspruch, doch gegen Fridolins profunde Bibelkenntnisse kam so leicht keiner an. Und so blieb es bei seiner Meinung.

Beim Abendessen war Fridolin jedoch ganz kleinlaut. Als alle den Speisesaal verließen, hielt er einige von denen, die kurz zuvor mit ihm auf dem Friedhof diskutiert hatten, zurück und tat demütig vor ihnen Abbitte.

Es sei mit der singenden Amsel doch anders gewesen, als er gesagt habe. Er habe nachgeschaut, und im 148. Psalm stehe ganz klar und deutlich, dass neben Walfischen, Tieren und allem Gewürm auch die Vögel Gott loben sollten. Es stehe ausdrücklich da: alle Vögel ... da sei natürlich auch der schwarze *sabiá* mit eingeschlossen. Und wie sollten die Vögel Gott anders loben als mit ihrem Gesang? Vielleicht habe es wirklich damit zu tun, dass die verstorbene Irmingard zum Lobe Gottes gespielt und gesungen habe, als sie es noch konnte. Es stehe ja im selben Psalm, dass die Alten mit den Jungen Gott loben sollten ... und das sei ganz im Sinne Irmingards und gelte ihnen allen ganz persönlich.

Ich denke, wir können hierin dem alten Fridolin zustimmen und seine Schriftauslegung auch für uns gelten lassen. Vielleicht liegt in seiner Auslegung das letzte Geheimnis der alten Irmingard verborgen: Das Lob Gottes hatte in ihrem Herzen den bitteren Quell, aus dem die Einsamkeit sich nährt, zum Versiegen gebracht und an seiner Stelle einen erquickenden Brunnen aufbrechen lassen: liebende Anteilnahme. Dadurch war ihr Leben verwandelt worden, und das vieler anderer auch.

Die kleine Hilfspredigerin

Mit andächtigen Gesichtern hatten die Gottesdienstbesucher das Eingangslied gesungen. Der Pfarrer im schwarzen Talar begann die feierliche Liturgie: „Im Namen Gottes des Vaters, des Sohnes und des Heiligen Geistes ..."

Fabrikarbeiter, Handwerker, Angestellte, Hausfrauen, ein alter Pfarrer im Ruhestand mit seiner Frau, ein Fabrikant, Verkäufer und Ladenbesitzer – sie alle saßen einträchtig auf den Holzbänken der Vorstadtkirche beieinander. Zumindest schien es so, dass sie einträchtig beieinander saßen.

An diesem ersten Sonntag nach Ostern – dem Sonntag „Quasimodogeniti", wie er seit alter Zeit genannt wird – saßen ungefähr 120 Gottesdienstteilnehmer in der Kirche, die insgesamt 200 Besuchern Raum bot. Der Leser wird verstehen, dass wir uns nicht gut mit allen 120 befassen können, obwohl es Gründe genug gäbe, sich mit jedem Kirchgänger einzeln zu beschäftigen. Wir wollen uns stattdessen auf die sieben beschränken, zu denen das kleine Mädchen mit dem Teddybär kam.

Da saß in der zweiten Bankreihe das junge Ehepaar, das niemand kannte, weil es zum ersten Mal am Gottesdienst teilnahm. Die beiden waren erst vor kurzem aus dem Landesinnern in die Stadt gezogen, hatten noch keine Arbeitsstelle gefunden und hielten sich mit Gelegenheitsjobs über Wasser. Vor dem Gottesdienst hatten sie eine Weile allein vor der Kirche herumgestanden, hatten nicht gewagt, jemanden anzusprechen, und von den Gemeindegliedern war auch niemand auf sie zugekommen.

Der Pfarrer war beim Sündenbekenntnis angelangt, als das Mädchen vor den Eheleuten stehen blieb und sie anlächelte. Das Kind spürte wohl, dass die beiden zusammengehörten. Weshalb hatte es sich gerade das fremde junge Paar ausgesucht? Es hielt ihnen, unbekümmert um die feierlichen Worte des Pfarrers, seinen Teddybär hin und wollte nichts anderes, als dass die beiden sich mit ihm über das Plüschtierchen freuten.

Dass ein kleines, etwa zweijähriges Mädchen überhaupt ohne mütterliches Eingreifen in der Kirche herumlaufen durfte, war an sich schon ein kleines Wunder. Oder es war ein gar nicht so kleines Ärgernis, je nachdem, wie man es nahm. Jedenfalls entsprach es nicht der Gemeindetradition, und die kann ja bekanntlich nur durch ein Wunder Gottes durchbrochen oder gar überwunden werden. Das kleine Mädchen musste seiner Mutter entschlüpft sein, oder diese traute sich nicht einzugreifen – der feierlichen Worte des Pfarrers wegen.

Es gibt vielleicht auch eine andere Erklärung für das Handeln des Kindes: Gott hatte das Mädchen an diesem Sonntag als Hilfspredigerin eingesetzt, um die Fülle seines Evangeliums zur Geltung zu bringen, da sein göttliches Wort in Gefahr stand, nur noch die Gedanken, aber nicht mehr die Herzen seiner Kinder zu bewegen. Jesus selbst hatte ja schon zu seiner Erdenzeit gesagt, dass Gott aus dem Munde der kleinen Kinder und Säuglinge gelobt wird, und damit hatte er schon ein älteres Wort aus dem Psalter zitiert!

Das Mädchen, ein zierliches, kleines Ding mit aufgewecktem Gesicht, streckte also dem fremden Ehepaar seinen Teddybär entgegen – gerade in dem Augenblick, als der Pfarrer im Sündenbekenntnis Gott um Vergebung bat für die Kälte der Herzen und den Mangel an Liebe, deren sie sich alle angesichts seiner göttlichen Barmherzigkeit schuldig sprechen mussten.

In diesem Augenblick war es dem fremden Ehepaar, als ob Gottes Liebe in dem Kind Gestalt angenommen hätte. Dies lag eigentlich nicht an dem Kind, sondern an Gottes Absicht, die in dem Lächeln des Kindes zum Ausdruck kam. Die jungen Eheleute, die selbst noch keine Kinder hatten, lächelten das kleine Mädchen ihrerseits an, und die Gebetsworte waren ihnen auf einmal licht und warm. Sie merkten, dass ihre Banknachbarn beim Beten ebenfalls lächelten. Sie spürten unversehens die Nähe brüderlicher und schwesterlicher Menschen, ja sie spürten die Nähe Gottes.

Das Mädchen hatte sich inzwischen der nächsten Bankreihe

zugewandt. Seine Aufmerksamkeit galt jetzt dem alten Pastor. Der hatte vor Jahren in einem theologischen Seminar als Lehrer gewirkt, und seine Gedanken befassten sich gerade mit der psychologischen Überleitung, die der Liturg zwischen Sündenbekenntnis und Gnadenverheißung eingefügt hatte.

Warum musste das sein? Er hatte seine Studenten immer vor solchen Glättungen gewarnt. War es nicht gerade das Eigentliche des göttlichen Handelns, dass das „Ehre sei Gott in der Höhe“ unvermittelt neben dem „Herr, erbarme dich“ stand? Was gab es da noch zwischenzuschalten? Wenn man das Erbarmen Gottes erst psychologisch erklären musste, stellte man dann nicht alles in Frage?

In dem Augenblick streckte das kleine Mädchen dem alten Ehepaar seinen Teddybär entgegen. Erstaunlich – es wusste wieder, dass die beiden zusammengehörten! Sein Lächeln war von keiner theologischen Reflexion und von keinerlei psychologischen Vermittlungsversuchen getrübt. Die Frau des Pastors lächelte spontan zurück. Dem Pastor selbst fiel es furchtbar schwer, aus seinen Gedanken auszubrechen. Er hatte nämlich schon auf diese psychologische Einlage gewartet, und sein Unmut war regelrecht vorprogrammiert. Man durfte einfach nicht mit dem Strom der Psychologie schwimmen, der die Theologie heute mehr und mehr zu vereinnahmen schien!

Aber das kleine Mädchen gab nicht auf und lächelte ihn weiterhin strahlend an. Da vergaß er seine theologischen Einwände, lächelte zurück und sang gleichzeitig das „Gloria“. Es war ihm auf einmal sonderbar warm ums Herz. Ganz unabhängig von allen Menschenworten und aller Menschenweise war alles eine untrennbare Wirklichkeit: Das Gebet um Gottes Erbarmen und die Verheißung seiner Gnade flossen ineinander. Die Liebe Gottes stand herrlich und gewaltig – unvermittelt neben dem Elend des Menschen. Und dann stand sie nicht mehr neben dem Elend, dann wurde das menschliche Elend von der Liebe Gottes verschlungen. Es war ein Wunder wie am ersten Tage der Schöpfung.

Dieses Wunder hatte natürlich ebenfalls seinen Ursprung nicht in dem Lächeln des kleinen Mädchens, sondern darin, dass Gott das Kind in seinen Dienst gestellt hatte.

Als Nächstes wandte sich das Kind einer Frau mittleren Alters zu, die am Kopfende der nächsten Bankreihe saß. Der Pfarrer war inzwischen bei der Schriftlesung angelangt, und weil es der Sonntag Quasimodogeniti war, las er aus dem zweiten Kapitel des ersten Petrusbriefes: „So legt nun ab alle Bosheit und allen Betrug und Heuchelei und böse Nachrede, und seid begierig nach der vernünftigen, lauteren Milch wie die neugeborenen Kindlein, damit ihr durch sie zunehmt zu eurem Heil."

Quasi modo geniti – Wie die neugeborenen Kindlein. Das kleine Mädchen gehörte also eigentlich mit zur Liturgie des Gottesdienstes, nur dass der Pfarrer dies noch nicht bemerkt zu haben schien. Sein Blick wanderte ein wenig unruhig durch die Bankreihen, als suche er nach jemand, der für die Kleine zuständig war. Dann las er weiter, sah aber mit wachsendem Unmut, wie die Kleine ihr Spiel weitertrieb. Sie hielt der Frau strahlend ihren Teddybär hin und wartete auf die für sie einzig mögliche Reaktion.

Doch die erwartete Reaktion blieb aus. Die Frau hatte kein Lächeln vorrätig, das man aus ihrem Innern hätte hervorlocken können. Der Pfarrer nahm die Szene mit seinem Breitwinkelblick zur Kenntnis, obwohl er sich ganz auf die Schriftlesung zu konzentrieren suchte.

Ausgerechnet diese Frau! An sie hatte er bei der Lesung von Anfang an denken müssen. Sie hatte in den letzten Monaten die Gemeinde mit ihrem Geschwätz durcheinander gebracht. Menschen, die hier in der Kirche auf der gleichen Bank saßen, grüßten sich nicht, wenn sie sich auf der Straße begegneten. Das ging großenteils auf das Konto dieser Frau.

Die böse Nachrede hatte auch ihn und seinen Dienst betroffen. Der Schuh passte der Frau heute wie angemessen. Wie konnte sie es eigentlich wagen, sich gerade auf diese Bank zu setzen, auf der wenigstens eine der Frauen saß, über die sie

Unwahrheiten verbreitet hatte? Und jetzt kam dieses kleine Ding und nahm ihre Aufmerksamkeit mit dem Teddybär in Anspruch! Die Frau würde den Schuh nicht anziehen. Die Gelegenheit war verpasst.

Aber das kleine Mädchen stand immer noch strahlend vor der Frau und streckte ihr erwartungsvoll seinen Teddybär entgegen. Es blieb länger vor ihr stehen, als es vor den anderen gestanden hatte, viel länger. Und dann geschah es, dass in die Augen der Frau ein Schimmer kam. Ein schwacher Glanz, den überhaupt nur Gott sehen konnte, Gott und das Kind.

Die Bibelworte hatten die Frau zu Anfang erschreckt, aber dann hatte der Pfarrer von der Milch des Evangeliums gesprochen und von Gottes Freundlichkeit, die allen Menschen galt, und von dem geistlichen Haus, in dem seine Menschenkinder zu lebendigen Steinen werden sollten. Dabei hatte das kleine Mädchen sie angelächelt, als ob Gott ihr sagen wollte, dass seine Freundlichkeit auch ihr persönlich gelte. Da die Frau nicht lächeln konnte, streckte sie wenigstens ihre Hand aus und streichelte über den Kopf des kleinen Plüschbären, während sie der Kleinen fast unmerklich zunickte. Die Kleine war's zufrieden und wandte sich dem nächsten Gottesdienstbesucher zu.

Der saß am Kopfende der nächsten Bank, und ihm war ebenfalls nicht zum Lächeln zumute. Er war noch keine sechzig Jahre alt, aber sterbenskrank. Der Arzt hatte ihm vor ein paar Tagen reinen Wein eingeschenkt. Er hatte nicht mehr lange zu leben. Bald würde er völlig von der Pflege anderer Menschen abhängig sein. Er war ein gläubiger Mensch, und bei all seiner Schwäche war er in den Gottesdienst gekommen, um seine unruhigen Gedanken zu sammeln, zu beten und ein Wort Gottes zu hören, das ihm Halt und Trost gab.

Und nun hatte sich dies kleine Mädchen in seine Zwiesprache mit Gott gedrängt. Es verlangte von ihm, dass er seine schweren Gedanken fahren ließ – als sei alles gut und recht, wie es war.

Mädchen, wenn du wüsstest, wie schwer und bitter das Leben sein kann! Dann würdest du nicht durch den Raum schweben und um Mitfreude betteln ... Aber du wirst auch einmal eine Wissende sein, so wie ich ein Wissender bin, dem das Lachen und selbst das Lächeln vergangen ist. Auch du wirst Gott in Kreuz und Elend finden müssen.

Das kleine Mädchen schaute den ernsten Onkel lange und interessiert an. Dann reichte es ihm seinen Teddy, damit er ihn richtig befühlen konnte, denn es merkte wohl an seinem traurigen Gesicht, dass er ein bisschen mehr Freude brauchte als andere Menschen.

Mehr konnte das Kind wirklich nicht tun, das spürte auch der traurige Mann. Er hatte selbst Enkel und wusste, dass man einem Kind eine solche Gabe nicht abschlagen durfte. So nahm er den Teddy aus den Händen des Mädchens, drückte ihn an sich und gab ihn der Kleinen freundlich zurück. Da er ein frommer Mann war – der an Gottes Weise, mit seinen Kindern zu reden, gewöhnt war –, merkte er auch, dass Gott hier seine Hand im Spiel hatte. Und er tat die Fenster seiner Seele noch weiter auf für Gottes Wort.

Die Liturgie war inzwischen bis zum Glaubensbekenntnis fortgeschritten, das von der gesamten Gemeinde rezitiert wurde. Als die Kleine feststellte, dass alle Gottesdienstbesucher beschäftigt waren, wandte sie ihre Aufmerksamkeit dem Pfarrer zu. Sie stellte sich brav vor die Stufen des Altarraums und blieb ruhig stehen bis zum Ende des dritten Artikels, der ja, wie wir wissen, vom Heiligen Geist, von der Kirche und von der Gemeinschaft der Heiligen handelt. Dann nahm sie mit einiger Anstrengung die beiden Stufen und hielt dem Pfarrer lächelnd ihren Teddy hin.

Der alte Pastor in der dritten Bankreihe dachte: Das ist jetzt die Entscheidungsstunde für seine ganze Theologie! Wird er das Kind in die Liturgie mit hineinnehmen? Oder wird er es ausstoßen aus der Gemeinde der Heiligen? Tief im Herzen erzitterte er vor der Möglichkeit einer Fehlentscheidung.

Aber an diesem Sonntag ging alles nach Gottes Plan. Der

Pfarrer sagte die rechten Worte, und er tat dies nicht etwa, weil er besonders klug oder besonders geistesgegenwärtig war, sondern weil Gottes Geist gegenwärtig war und ihm die rechten Worte eingab.

Der Pfarrer lächelte dem Kind zu, legte ihm die Hand auf den Kopf und sagte: „Jesus hat gesagt: Wenn ihr nicht werdet wie die Kinder, so werdet ihr nicht in das Himmelreich kommen. Die Kleine hat nun die ganze Zeit versucht, ihre Freude mit uns zu teilen. Für sie ist ihr Teddy wohl das Schönste, was sie hat. Sie wollte ihn nicht für sich allein haben. Sie hat keinen Unterschied gemacht, hat keinen verworfen, keinen zurückgestellt. Wenn wir ihr Zeit ließen, käme sicherlich jeder von uns noch an die Reihe. Jesus will, dass wir so werden wie die Kleine. Sie hat uns allen eigentlich schon die Predigt dieses Gottesdienstes gehalten."

Nach diesen freundlichen Worten trat auch die Mutter des Kindes nach vorn und nahm das kleine Mädchen wieder in ihre Obhut.

Jawohl, dieser Schuh passte wirklich allen. Es ist gar nicht mehr nötig, von jedem einzelnen Gottesdienstbesucher zu reden. Der Schuh passte Männern und Frauen, Alten und Jungen. Er passte selbst denen, die ganz ungewöhnliche Schuhgrößen trugen. Aber das ist letztlich auch wieder Gottes Geheimnis.

Der Junge, der Zweiundzwanzig hieß

Angela war über den Tod ihres Jungen nicht hinweggekommen. Ein Leben ohne ihren Sohn schien ihr überhaupt nicht möglich zu sein. Und so hatte sie sich in Gedanken ein Haus gebaut, in dem das Kind weiterlebte. Sie redete mit ihm, wie man mit einem Lebenden redet, und erzählte ihm, was im Lauf des Tages passiert war. Auch sein Zimmer hielt sie genau in dem Zustand, wie er es an jenem unglückseligen Tag verlassen hatte, als er mit seinem Rad von einem Lastwagen überfahren worden war. Das Fahrrad hatten sie, die Eltern, ihm zu seinem 5. Geburtstag geschenkt ...

Einige Wochen nach der Beerdigung hatte Angela damit begonnen, Spielzeug auf das Kindergrab zu stellen. Sie fuhr jeden Nachmittag zur gleichen Zeit mit dem Rad zum Friedhof, schmückte das Grab ihres Jungen mit frischen Blumen, rückte die Spielzeugautos, die Glasmurmeln und Legoklötzchen zurecht, die sie an den Vortagen auf der Grabplatte aufgestellt hatte. Oder sie tauschte altes gegen neues Spielzeug aus, das sie entweder aus dem Zimmer des Jungen genommen oder in einem Laden eigens gekauft hatte.

Rui, Angelas Mann, ließ sie anfangs gewähren. Sie brauchte Zeit, ihre Trauer zu überwinden; das wusste er. Doch bald spürte er, dass sie mehr und mehr Zeit in dem einsamen Haus verbrachte, das sie sich in Gedanken zurechtgezimmert hatte.

Beiden Eltern war der Tod ihres Jungen ein unfassbarer Schlag gewesen. Marcos war ihr einziges Kind gewesen, und es war ungewiss, ob sie weitere Kinder haben konnten. Doch Rui hatte sich in das Unabänderliche gefügt. Er hatte versucht, Angela von der Vernunft her deutlich zu machen, dass das, was sie tat, ihrem Jungen nichts nützte ... dass sie sich durch ihr Handeln nur den anderen Menschen entzog. Ihre Trauer drohe krankhafte Züge anzunehmen, sagte er, ihr Platz sei bei den Lebenden, nicht bei den Toten. Und überhaupt – sie wisse doch, dass der Tod kein dunkles Loch sei, in das ein Mensch falle. Als Christen wüssten sie doch, dass sie nur in die guten Hände Gottes fielen, in denen auch ihr Kind geborgen sei ...

Angela hatte an ihm vorbei ins Weite geblickt und geschwiegen. Es war, als hätte jemand eine Tür zugeschlossen und von innen verriegelt. Immer mehr verschloss sie sich auch vor anderen Menschen, die ihr zu helfen suchten.

Eines Tages sprach der Gemeindepfarrer, der die Bestattungsfeier geleitet hatte, die Mutter auf dem Friedhof an. Schon öfters war ihm das mit Spielzeug geschmückte Grab des kleinen Jungen aufgefallen, und nun versuchte er geduldig, einen Zugang zu der jungen Frau zu finden. Er mahnte sie, es sei uns nicht gestattet, mit den Toten auf Menschenweise Verbindung zu halten. Aber Jesus Christus sei der Anwalt der Toten und Lebenden, und in der Zwiesprache mit ihm dürften auch unsere Entschlafenen zur Sprache kommen.

Angela weinte innerlich, ohne Tränen zu vergießen. Wortlos kniete sie an dem Grab ihres Kindes nieder und begann in gewohnter Weise, die aufgebauten Spielsachen umzustellen. Sie flüchtete in ihr Gedankenhaus und schloss die Tür hinter sich. Niemand kam an sie heran.

Der Pfarrer stand noch eine Weile neben ihr, wartete auf ein Zeichen, dass sie sich seinen Worten öffnete, doch vergeblich. Schließlich sagte er ihr noch ein Bibelwort und ging betrübt davon. Es lag nicht in seiner Macht, verschlossene Türen aufzubrechen.

Mehr als ein Jahr verging, ohne dass sich der Seelenzustand der verstörten Mutter änderte. Angela verlor immer mehr den Kontakt zu den Menschen, mit denen sie früher befreundet gewesen war. Sie gab sich alle Mühe, das Verhältnis zu ihrem Mann nicht ebenfalls leiden zu lassen, doch es zeigte sich eine zunehmende Fremdheit zwischen ihnen, die sie nur in ganz seltenen Augenblicken überwinden konnten. Die Menschen, die Rui und Angela gut kannten, waren besorgt um ihre Ehe. Aber niemand wusste, wie ihnen geholfen werden konnte.

Eines Tages bemerkte Angela, dass einige Spielsachen vom Grab ihres Kindes verschwunden waren. Jemand musste sie weggenommen haben. Verwundert stellte sie ein paar Tage später fest, dass von den verschwundenen Sachen ein kleines Auto und ein paar Bauklötzchen wieder aufgetaucht waren. Dafür fehlte eine Feuerwehrleiter und ein Legohaus.

Einige Wochen lang ging das seltsame Versteckspiel weiter. Angela spürte, dass sie an den Rest ihres Wirklichkeitssinns appellieren musste, um nicht dem Gedanken zu verfallen, ihr Junge selbst habe die Sachen mit hinüber in seine Welt genommen und ihr auf diese Weise ein Zeichen seiner Nähe gegeben.

Eines Tages war sie schon früh am Morgen zum Grab gefahren, weil nachmittags ihre Mutter zu Besuch kommen wollte. Zu solch früher Stunde war kaum ein Mensch auf dem Friedhof. Deshalb fiel ihr auf, dass ein etwa acht- oder neunjähriger Junge bei der großen Zypresse an der Friedhofsmauer stand. Hin und wieder blickte er verstohlen zu ihr herüber. Der Junge sah ärmlich, ja verwahrlost aus. Möglicherweise war er eines der Straßenkinder, die es seit einiger Zeit auch in ihrer Stadt gab. Auf einmal war er verschwunden.

Lange sah Angela nichts mehr von ihm. Aber der Junge ging ihr nicht aus dem Sinn. Konnte es sein, dass er sich heimlich an die Spielsachen machte? Der Gedanke ließ ihr keine Ruhe.

Eine Woche später ging Angela wieder früh am Morgen auf den Friedhof, in der Erwartung, den Jungen dort anzutreffen. Und tatsächlich. Ganz in ihrer Nähe sah sie plötzlich zwei spähende Kinderaugen, die zwischen den eisernen Gitterstäben der Friedhofsumfassung hindurch sehnsüchtig in Richtung der Zypresse blickten. Ein schmales, bräunliches Gesicht, der Mund gezeichnet von einer Narbe, die, wie es schien, von einer Hasenscharten-Operation zurückgeblieben war.

Und was schon lange keiner mehr geschafft hatte, das gelang dem fremden Jungen: Angela öffnete die Tür ihres Gedankenhauses einen Spalt breit, sprach den Kleinen an, fragte ihn nach seinem Namen.

Er blickte eine Weile auf seine zerschlissenen Tennisschuhe hinunter, lehnte dann sein Gesicht an die Gitterstäbe und sagte: „Ich heiße Zweiundzwanzig."

Angela sah ihn kritisch an. Aber nichts in seiner Mimik deutete darauf hin, dass er sich einen Scherz erlauben wollte.

„Komm schon ... sag mir, wie du richtig heißt", bohrte Angela nach. „Zweiundzwanzig ist doch kein Name."

„Richtig heiße ich Jabor", sagte der Junge darauf. „Aber keiner nennt mich so. Alle nennen mich Zweiundzwanzig. Jabor haben sie mich im Heim genannt, aber sie nannten mich meistens Zweiundzwanzig. Auch die Leute, zu denen ich dann gekommen bin, haben mich so genannt. Und ich finde, Zweiundzwanzig ist auch lustiger. Findest du nicht?"

„Hast du denn keine Eltern mehr? Ich glaube, du bist deiner Mutter weggelaufen, stimmt's?"

„Ich weiss nicht, wer meine Eltern sind."

„Haben denn die Leute im Heim dir das nicht gesagt? Jeder hat doch eine Mutter und einen Vater!"

„Sie haben gesagt, meine Mutter wollte mich nicht haben, als ich auf die Welt kam, weil ich eine Hasenscharte hatte. Guck mal, ich hatte einen großen Spalt in der Oberlippe. Sie sagen, ich konnte nicht mal richtig trinken. Da wollte sie mich nicht haben, hat mich in eine große Pappschachtel getan und hat die Schachtel heimlich vor eine Kirche gestellt. Und dann ist sie weggegangen. Das hat die Polizei alles herausgefunden."

„Und was ist dann passiert?"

„Dann hat mich die Polizei in ein Haus gebracht, wo sie Kinder aufnehmen, die keiner haben will. In dem Jahr waren vor mir schon 21 andere Kinder aufgenommen worden, ich war das zweiundzwanzigste. Und darum habe ich die Nummer zweiundzwanzig bekommen."

Der Junge hatte beim Sprechen mehrere Male ängstlich um sich geblickt. Auf einmal lief er weg. Sein Verschwinden hatte offensichtlich etwas mit der ärmlich gekleideten Frau zu tun, die unmittelbar darauf am Friedhof vorbeiging. Angela sah, dass die Frau Vorübergehende anbettelte, indem sie auf das Kleinkind wies, das sie auf den Armen trug. Möglicherweise hatte sie den Jungen auch zum Betteln abgerichtet und war jetzt auf der Suche nach ihm.

Als die Frau verschwunden war, ging Angela – einer plötzlichen Eingebung folgend – zu der alten Zypresse am Rande des Friedhofs, die mit ihren niedrigen Zweigen teilweise die vergitterte Friedhofsmauer verdeckte. Sie versuchte, das Geäst mit den Händen zur Seite zu biegen und sah dann, dass jemand zwischen der Mauer und dem Stamm inmitten der überhängenden Zweige ein Versteck eingerichtet hatte, das von außen nicht einzusehen war. Der Boden des geheimen Kämmerchens war sauber gefegt, ein paar aufgeschichtete Ziegelsteine hatten vermutlich als Sitzbank gedient. Und in einem ebenfalls von Ziegelsteinbrocken umgrenzten Kreis lagen Legosteine, Murmeln, Bauklötze, ein Feuerwehrauto und anderes Spielzeug, das in den letzten Wochen vom Grab ihres Jungen verschwunden war.

Ein Sturm widerstreitender Gefühle erfasste Angela. Ihr erster Impuls trieb sie dazu, die Sachen an sich zu nehmen und wieder auf das Grab ihres Jungen zu stellen. Doch dann überkam sie plötzlich das heulende Elend. Sie wusste selbst nicht, was mit ihr los war.

Verstört ließ sie ihren Blick über die Gräber wandern, um zu sehen, ob sie nicht beobachtet wurde. Dann bog sie die Zweige der Zypresse auseinander, drang in das Versteck des Straßenjungen ein und setzte sich auf die Ziegelsteine.

Hier in dem verborgenen Kämmerlein des fremden Jungen konnte sie zum ersten Mal nach dem Tod ihres Kindes wieder richtig weinen. Es tat noch weh wie am ersten Tag, doch sie spürte, dass sich langsam etwas in ihrem Innern löste. Es war, als erwache sie aus einem langen, bangen Traum, der sie der Wirklichkeit entzogen hatte.

Und aus ihren Tränen heraus konnte sie plötzlich auch wieder beten. Die Fenster nach oben standen wieder offen. Zwar fehlten ihr die Worte, doch ihrem Herzen entrang sich jener elementare Schrei der alten Psalmbeter: „Mein Gott, hilf mir; hilf mir, mein Gott!“

Angela spürte: Sie war in die Wirklichkeit zurückgekehrt. Und die Wirklichkeit war für sie untrennbar verbunden mit diesem Kreis aus Ziegelsteinbrocken, in dem ein verstoßenes Kind die Spielsachen aufbewahrte, die sie ihrem toten Jungen zugedacht hatte.

Steine und Spielzeug begannen auf einmal zu sprechen. Sie waren Zeichen des Lebens ... In ihnen war der Geruch der ärmlichen Kleider jenes Kindes, das keinen anderen Platz zum Spielen hatte als ein Versteck auf dem Friedhof. Ein Versteck, das es sich heimlich angelegt hatte.

Angela wusste plötzlich: Sie war aus ihrem Gedankenhaus in das wahre Leben zurückgeführt worden. Sie hatte in den vergangenen Monaten in einem Schattenreich gelebt, in sich selbst verschlossen, von Selbstmitleid aufgezehrt. Auf einmal überkam sie ein warmes Gefühl der Dankbarkeit, verbunden mit einer tiefen Sehnsucht nach Menschen, nach lebenden Menschen, mit denen sie Freude und Leid teilen konnte.

Nachdenklich kehrte sie in ihre Wohnung zurück. Sie weinte sich in den Armen ihres Mannes aus, während sie ihm von dem Jungen erzählte und davon, was ihr auf dem Friedhof unter den Zweigen der alten Zypresse widerfahren war. Es war eine gute Stunde.

Angela und Rui spürten, dass sie wieder im gleichen Haus lebten: im Haus der Wirklichkeit – und dass in diesem Haus die Liebe Gottes gesiegt hatte. Sie fanden gemeinsam zur Quelle des Glaubens zurück, aus der sich vormals ihre Ehe genährt hatte.

Von dem Tag an fuhr Angela bewusst am Vormittag zum Friedhof. Schon am zweiten Tag sah sie von weitem den Jungen an den Grabmälern in der Nähe des Friedhofstors herumlungern. Sie folgte ihm unauffällig und konnte gerade noch sehen, wie er zwischen den überhängenden Zweigen der alten Zypresse verschwand.

Das mitgebrachte Spielzeug in den Händen, schritt Angela auf den Baum zu, teilte die sperrigen Zweige mit den Armen und stand dann Auge in Auge dem Jungen gegenüber. Verschüchtert und sichtlich erschreckt saß er auf den Ziegelsteinen in seinem geheimen Kämmerchen, in der Hand ein Spielzeugauto, das er vergeblich unter seinem Hemd zu verbergen suchte.

Angela fühlte ein Brennen in der Brust. Sie musste ihre Hand ausstrecken und die Wange des Jungen berühren.

„Du brauchst keine Angst zu haben, Jabor“, sagte sie. „Ich habe dir noch mehr Spielzeug mitgebracht. Du kannst alles für dich behalten.“

Der Kleine schaute schweigend auf seine Füße, die Rechte um das Spielzeugauto geklammert.

„Sag mir, wo du wohnst, kleiner Zweiundzwanzig“, sagte Angela, darum bemüht, den Jungen spüren zu lassen, dass sie ihm nicht böse war.

„Ich wohne unter der Brücke“, sagte er schließlich. „Weißt du ... unter der neuen Brücke, die erst vor kurzem fertig geworden ist.“

Angela schwieg, ein wenig aus dem Gleichgewicht gebracht. Schließlich fasste sie sich. „Unter der Brücke wohnst du also. Aber du wohnst doch sicher nicht ganz alleine dort! Wer macht dir denn das Essen und kümmert sich um deine Sachen?“

„Ich wohne bei Juca und Teresinha: Die verteilen das, was wir heimbringen. Weißt du, sie haben ein kleines Kind, und es ist noch ein anderer Junge da, der ist aber viel älter als ich und nimmt mir immer alles weg, was ich kriege.“

„Willst du dir nicht ein paar Sachen mitnehmen? Guck mal, das hat meinem Jungen gehört ... Der ist gestorben und kann jetzt nicht mehr damit spielen. Ich will es dir schenken.“

„Ich muss alles abgeben, was ich mitbringe“, sagte der Junge. „Und ich kann die Sachen nirgends verstecken.“

„Gut, kleiner Zweiundzwanzig“, sagte Angela. „Ich werde dem Mann, der hier arbeitet, sagen, dass du mit den Sachen spielen darfst, so viel du willst.“

Sie überreichte dem Jungen die Spielsachen, die sie mitgebracht hatte, ging dann zu dem Grab ihres Kindes, entfernte die welken Blumen aus den Vasen, sprach ein paar Sätze mit dem Gärtner, der inzwischen erschienen war, und radelte dann zu der neuen Brücke. Sie wollte mit eigenen Augen sehen, wo der Kleine wohnte, oder wo er zumindest die Nächte verbrachte.

Sie sah es sofort: Am diesseitigen Ufer hatten sich Obdachlose eine Unterkunft unter der Brücke errichtet. Angela stellte ihr Rad ab und ging auf dem ausgetretenen Pfad, der neben der Brücke zum Fluss führte, bis zu dem Verschlag, der mit schwarzer Folie umspannt war.

Sie konnte über die Folien hinweg in das Innere des etwa vier mal vier Meter großen Raumes sehen. Der Fußboden war größtenteils mit Brettern ausgelegt, die offenbar von den ausgedienten Gerüsten einer Baustelle stammten. Ein paar alte Matratzen lagen übereinander auf einer Seite des Raums. Verbeulte Töpfe, eine Reihe von Flaschen und anderer primitiver Hausrat standen in einer Ecke auf dem Fußboden. Außerhalb des Verschlags stand ein alter Gasherd, an einen metallenen Gasbehälter angeschlossen. Daneben eine Tonne, bis zur Hälfte mit alten Brötchen gefüllt – wahrscheinlich eine Art eiserne Ration für die Bewohner. Überall roch es nach Armut, Verwahrlosung, ausweglosem Elend. Kein Bewohner war zu sehen.

Angela stand eine Weile wie erschlagen vor der bedrückenden Szene. Wenige Meter entfernt strömte das braune Flusswasser träge und teilnahmslos dahin. Auf der Brücke, über ihrem Kopf, brandete der Verkehr. Sie fühlte sich völlig hilflos angesichts der Wirklichkeit, die sie umgab. So lebten hier Menschen, keine halbe Stunde von ihrem eigenen Haus entfernt!

Doch auf einmal stellte sie verwundert fest, dass die harte Wirklichkeit des Elends, die sie vor Augen hatte, sie nicht lähmte. Ganz unvermittelt erwachte in ihr der Drang, gegen dieses Elend zu kämpfen, etwas zu tun, um die ausweglose Situation der Menschen, die in diesem jämmerlichen Verschlag lebten, zu ändern. Sie dachte an den kleinen Jungen, den sie Zweiundzwanzig nannten, und ihr Herz entbrannte von mütterlichen Gefühlen, die sie bis vor kurzem nur für ihr verstorbenes Kind gehegt hatte.

Angela löste sich von der bedrückenden Szene. Sie wollte gerade auf ihr Rad steigen, um nach Hause zu fahren, da erblickte sie eine Frau mit einem Kleinkind, die auf die Brücke zukam. Es war die gleiche Frau, die sie am Friedhof gesehen hatte.

Als sie sich begegneten, sprach Angela sie an. Wie sie erwartet hatte, zeigte die Frau auf ihr Kind und bat um eine Gabe. Angela versprach ihr zu helfen und versuchte, mit ihr ins Gespräch zu kommen. Ja, sie kämen aus der Hauptstadt, ihr Mann habe hier keine Arbeit gefunden, und sie sehe nun keine andere Möglichkeit, als zu betteln. Aber es sei ja besser zu betteln als zu stehlen ...

Angela gab ihr einen Geldschein, den sie eigentlich für einen kleinen persönlichen Einkauf eingesteckt hatte, und fragte sie weiter aus. Ob es ihre eigenen Kinder seien, die bei ihr lebten?

Nein, nur das Kleinkind sei ihr eigenes. Den großen Jungen habe Juca, ihr Mann, von einer anderen Frau, und der Kleine sei ihnen vor zwei Monaten, kurz bevor sie hierher kamen, zugelaufen. Er sei ein kleiner Nichtsnutz, der nur Spielereien im Kopf habe. Juca habe eine Zeit als Maurergehilfe gearbeitet, aber schon vor mehr als einem Jahr seine Stelle verloren.

Am Abend berichtete Angela ihrem Mann, was sie erlebt hatte. Es gelang ihr, Rui zu überreden, mit ihr gemeinsam zur neuen Brücke zu radeln. Lange standen die beiden vor dem bedrückenden Bild.

Als es dunkel wurde, erschien Teresinha mit Jabor und dem Kleinkind. Bald darauf tauchte auch Juca mit dem etwa 14-jährigen Valdir auf. Angela und Rui versuchten, von dem Paar mehr über ihre Situation zu erfahren. Juca war nicht mehr ganz nüchtern, verstand aber seinen Zustand geschickt zu verbergen. Ja, er habe sich um Arbeit bemüht, aber es sei nichts zu machen. Es bleibe ihnen nichts übrig als zu betteln.

Rui zählte einige Möglichkeiten auf, von denen er sich Hilfe versprach. Es gab auf der Präfektur eine Arbeitsvermittlungsstelle; dort wurden auch Lebensmittel an Arbeitslose verteilt. Er selbst wollte sich ebenfalls bemühen, offene Stellen ausfindig zu machen.

Aber was war mit dem kleinen Jabor, dem seine Frau mehrere Male begegnet war? Wo gehörte der von Rechts wegen hin?

„Der Zweiundzwanzig? Der gehört nirgends hin. Seine Mutter wollte ihn nicht haben und hat ihn nachts vor einer Kirche ausgesetzt. Das Paar, bei dem er die letzten Jahre war, hat ihn mit fünf Jahren aus dem Heim geholt, nachdem ihm der Doktor seine Hasenscharte operiert hatte. Vorher wollte ihn niemand haben, wissen Sie! Eigentlich wollten sie ihn adoptieren, aber es fragte bald niemand mehr nach ihm, und so haben sie ihn einfach behalten ... das heißt er hat bei ihnen geschlafen, nicht viel mehr ... Aber die beiden sitzen jetzt für 3 Jahre im Kittchen, weil sie Drogen verkauft haben. Als die Polizei nachts den Bezirk umstellte, in dem sie wohnten, flüchtete der Kleine und versteckte sich in einem Schlupfwinkel. Er hat sowieso in den letzten Jahren fast nur auf der Straße gelebt. Wir fanden ihn eines Morgens schlafend vor unserem Haus. So ist er zu uns gekommen."

Angela besprach sich kurz mit Rui und einigte sich mit ihm darauf, den kleinen Jungen für ein paar Monate zur Probe in ihr Haus aufzunehmen. Juca und Teresinha hatten zuerst Bedenken, stimmten aber schließlich zu. Der Kleine machte ihnen ja ohnehin mehr Arbeit, als er einbrachte.

Jabor stand während der Verhandlungen der Großen mit gesenktem Kopf und undurchdringlicher Miene neben dem Verschlag. Als Angela ihm vorschlug, er könne bei ihnen wohnen, gleich heute schon ... da wandte er sich ab, warf sich auf den Boden und verbarg das Gesicht in den Händen.

Angela bückte sich zu ihm herunter und streichelte ihm über das krause Haar.

„Zweiundzwanzig", sagte sie, „vielleicht willst du es dir bis morgen überlegen, ob du zu uns kommen willst. Du sollst nur kommen, wenn du es gerne magst. Und wenn du nicht bleiben willst, kannst du wieder hierher zurückkommen."

Der Junge erhob sich schließlich, wischte sich mit dem Handrücken über das tränenverschmierte Gesicht, blieb aber allem Zureden gegenüber stumm. Erst als Angela und Rui sich zum Gehen wandten, nachdem sie zugesagt hatten, am nächsten Tag wiederzukommen, setzte er sich wie elektrisiert in Bewegung und rannte hinter ihnen her. Angela nahm ihn in die Arme, und bald schritt er tapfer beiden voran die Uferböschung hinauf. Er ließ sich von Rui auf den Gepäckträger seines Rades setzen und fuhr ergeben mit zu seiner neuen Wohnung.

Angela und Rui gingen am folgenden Tag zum Jugendrichter und legten ihm den Fall dar. Sie erklärten ihm auch, dass sie den Jungen gern adoptieren würden. Der Richter nahm alle Daten auf, die sie über Jabor zusammenbringen konnten, notierte sich den Namen des Heims in der Hauptstadt und bestellte sie samt dem Jungen für zwei Wochen später zu einem Termin. Bis dahin erteilte er ihnen das vorläufige Recht, an dem Kind Elternstelle zu vertreten.

In dem längeren Gespräch, das Angela und Rui mit ihm führten, erwies sich der Richter als sachkundiger und warmherziger Mensch, der ihnen praktischen Rat geben konnte. So empfahl er ihnen, den Jungen nicht einfach umkrempeln zu wollen. Stattdessen sollten sie ihn da suchen, wo er wirklich lebte. Die meisten Adoptionen älterer Kinder scheiterten daran, erklärte er, dass die neuen Eltern versuchten, dem Kind eine Rolle aufzuzwingen, die es nicht erfüllen konnte.

Es wurde ein langer Weg mit dem kleinen Zweiundzwanzig – ein Weg mit Höhen und Tiefen. Die rechtlichen Dinge waren nach einem halben Jahr geklärt; sie hatten einen Rechtsanwalt nehmen und harte Kämpfe mit allen möglichen Instanzen durchstehen müssen, um die Genehmigung zur Adoption zu erhalten. Nun nannte sich der Junge Jabor Steffen und war rechtlich ihr Kind.

Auch für Juca hatte Rui schließlich eine Arbeitsstelle ausfindig gemacht. Die Familie wohnte seit einigen Wochen in einer neuen Sozialwohnung, die von der Stadt errichtet worden war. Wenn Juca seinen Alkoholkonsum in Grenzen hielt, würde er mit seiner Familie nicht mehr unter die Brücke ziehen müssen.

So weit, so gut. Doch einem neunjährigen Jungen ein neues Heim zu bieten, erwies sich als schwieriger, als Angela und Rui gedacht hatten. Es war leicht, den Kleinen unter der Dusche sauber zu schrubben, ihm neue Kleidung und neue Tennisschuhe zu besorgen, ihm die Spielsachen ihres verstorbenen Kindes zu überlassen. Aber die Jahre, in denen Jabor praktisch auf der Straße gelebt hatte, konnten sie nicht einfach auslöschen. Der Junge fühlte sich in seinem Zimmer eingesperrt. Unzählige Male gelang es ihm, der Obhut seiner Mutter zu entkommen und durch die benachbarten Straßen zu stromern. Bisher war er immer wiedergekommen ... Aber ob er sich jemals an ein geregeltes Leben gewöhnen würde?

Mehrere Male entdeckte Angela, dass Jabor sich Verstecke anlegte, wo er Dinge hortete, die er eigentlich nicht zu verbergen brauchte: Spielzeug, Süßigkeiten, Münzen. Die Mutter erinnerte sich an das Gespräch mit dem Richter und kam auf die Idee, das Spiel des Jungen mitzuspielen. Sie legte mit ihm zusammen Verstecke an, in denen beide geheimnisvolle Dinge verbargen, die der Vater dann vergeblich suchte. Das war für Jabor am Ende lustiger, als alleine Vorratsnester einzurichten.

Rui ging fast täglich am späten Nachmittag, wenn er Feierabend hatte, mit Jabor auf einen freien Platz, wo sie miteinander Fußball spielten. Bald gesellten sich andere Jungen zu ihnen, und Rui spürte, wie der Kleine dadurch auflebte. Er war flink wie ein Wiesel und verstand sich unter seinen Altersgenossen zu behaupten. Auch der Vater merkte, dass es ihm selbst gut tat, mit dem kleinen Volk hinter dem Ball herzulaufen.

An einem Wochenende nahm Rui den Sohn mit zum Angeln am Oberlauf des Flusses. Stolz fuhr Jabor auf seinem neuen Rad hinter dem Vater her; und als sie am Abend wirklich mit einem gegabelten Zweig voller Weißfische zurückkamen, von denen Jabor eine ganze Reihe aus dem Wasser gezogen hatte, schien der Junge zum ersten Mal vollends an der Stelle zu sein, wo er hingehörte. Er sprühte vor Übermut und Ideen. Angela stellte froh und ein bisschen wehmütig fest, dass er sie an ihren verstorbenen Jungen erinnerte. Liebe zu Lebenden vollbringt Wunder, ein Blinder konnte es sehen.

Jabor würde die Schule besuchen müssen. Er hatte insgesamt nur einige Monate lang die erste Klasse einer öffentlichen Schule besucht und gerade so viel gelernt, dass er Autoschilder, Werbeplakate und Namen von Geschäften und Fabriken entziffern konnte. Angela ging mit ihm nun systematisch durch die Straßen, vor Zeitungsständen und Werbeplakaten verweilend, und freute sich mit ihm über jedes neue Wort, das er entziffern konnte. Binnen weniger Wochen hatte der Junge auf diese unkonventionelle Weise fast fließend lesen gelernt. Fortan nahm sie ihn auch regelmäßig mit zum Einkaufen und ließ ihn die Preise der Lebensmittel zusammenrechnen. Der Schulleiter hatte gesagt, man würde ihn in die zweite Klasse stecken müssen, aber womöglich könnte er im Laufe des Jahres in die dritte überwechseln, wenn seine Fähigkeiten es erlaubten.

Es würde ein langer Weg sein. Es war noch vieles zu tun, das man tun konnte: Ein Chirurg, den sie aufsuchten, sagte ihnen, dass durch einen erneuten Eingriff die auffällige Narbe an der Oberlippe des Kindes fast völlig beseitigt werden könnte. Ein Grund mehr dafür, dass er etwaige Komplexe verlor und sich als normales Kind fühlte.

Eines Abends, als Angela den Kleinen ins Bett brachte, sagte er mit ernstem Gesicht: „Alle nennen mich jetzt Jabor. Aber wenn ich nachts träume, dann bin ich immer noch der Zweiundzwanzig. Und wenn ich morgens wach werde, muss ich eine ganze Zeit nachdenken, bis ich wieder weiß, dass ich der Jabor bin. Kannst du mich nicht manchmal, wenn wir ganz allein sind, Zweiundzwanzig nennen?“

Angela nahm ihn gerührt in die Arme. „Das will ich tun“, sagte sie, „mein lieber kleiner Zweiundzwanzig! Aber zweiundzwanzig ist nun einmal eine Zahl und kein Name. Deshalb müssen wir es ganz heimlich anfangen, wenn kein Mensch zuhört. Und es soll bedeuten, dass ich dich zweiundzwanzigmal so lieb habe wie andere Kinder."

„Wie zwei ganze Fußballmannschaften", sagte der Kleine mit unbewegtem Gesicht.

„Ja, wie zwei ganze Fußballmannschaften. Aber nur, wenn dein Vater nicht mitspielt. Wenn er mitspielt, geht die Rechnung nicht auf."

„Er ist sowieso besser als Schiedsrichter", sagte Jabor und blinzelte ihr listig zu.

Die Ochsenpredigt

Das Ochsenfest wurde seit Menschengedenken in der Küstenregion gefeiert. Vor über zweihundert Jahren war es von den Vorfahren der Fischer und Kleinbauern aus ihrer azorianischen Heimat mitgebracht und an die südbrasilianische Küste verpflanzt worden. Immer wenn die Fastenzeit begann, kam die hohe Zeit der *farra do boi*, wie das im freien Gelände ausgetragene Kampfspiel mit halbwilden Ochsen genannt wurde.

Die meist aus den Hochlandsteppen herbeigeschafften Tiere wurden in den Fischersiedlungen während des späten Nachmittags irgendwo in der Nähe der Strände ausgesetzt, von den sich ansammelnden Menschen geneckt, bis sie Einzelne ihrer Plagegeister angriffen. Dann wurden sie gejagt und in die Enge getrieben, bis sie schließlich – meist spät in der Nacht – erschöpft und mehr oder weniger schwer verletzt den Kampf aufgaben. Eine Kugel erlöste sie dann von ihrer Qual.

Die getöteten Tiere lieferten das Fleisch für den Spießbraten, der in nächtlichen Gelagen verzehrt wurde. Diese dehnten sich meist weit in den nächsten Tag oder gar die nächste Nacht hinein aus. Zur Zeit der *farra* waren die sonst so friedlichen und vernünftigen Menschen kaum wieder zu erkennen. Es war, als ob sich in diesen Tagen eine lang angestaute, von der Zivilisation nur übertünchte Wildheit austobte.

Überall an den Stränden wiederholte sich während der jährlichen Fastenzeit das Schauspiel. Höhepunkt war jedoch immer der Karfreitagabend. Am Ostermorgen war dann der ganze Spuk vorüber.

Die Polizei hatte in diesem Jahr auf Betreiben der Tierschutzvereine zum ersten Mal die *farra do boi* rundweg verboten. Es war in den letzten Jahren an mehreren Stellen zu tödlichen Unfällen gekommen; und außerdem musste ja ein Blinder sehen, dass es sich bei dem Fest um organisierte Tierquälerei handelte.

Aber man hatte die Zählebigkeit des alten Volksbrauchs unterschätzt. Die Ordnungshüter konnten nicht an hundert Stränden gleichzeitig sein, und außerdem waren die Ochsen schon in der Vergangenheit immer wieder an anderen Stellen ausgesetzt worden. Eins war sicher: Die *farra* würde auch dieses Jahr stattfinden, trotz polizeilichen Verbots. Nur die Eingeweihten wussten, wo und wann in ihrem Bereich die wilde Jagd losgehen würde – und wenn sie erst einmal im Gange war, dann war die Volksmenge nicht mehr zu halten.

Die Priester in den Kapellen hatten wohl immer schon gegen die Auswüchse des wilden Treibens protestiert und vor Tierquälerei und insbesondere vor der Entweihung des Todestages Jesu gewarnt. Aber sie hatten die uralte Tradition nie in Frage gestellt. Es war Brauchtum, uraltes Brauchtum ... und man durfte dem Volk nicht alles nehmen, was ihm Freude machte.

Anders dachten die crentes, die Gläubigen, wie die Mitglieder der Pfingstgemeinden genannt wurden, die in vielen Fischersiedlungen ihre kleinen Bethäuser errichtet hatten: Für sie war das wilde Treiben Heidentum, nichts als Heidentum. Erzählten nicht die Alten noch grauenhafte Geschichten von teuflischen Quälereien, die früher während der *farra do boi* vorgekommen waren? Hatte man nicht noch vor zwei oder drei Generationen von lebenden Tieren die Kopfhaut abgezogen, hatte ihnen die Augen ausgestochen und die gequälte Kreatur auf brutalste Weise zu Tode gehetzt? Und hatte man nicht kürzlich in der Zeitung lesen können, dass die *farra do boi* ursprünglich von Nordafrika auf die Azoren gebracht worden war, dass sie sich aus einem grausamen Stierkult entwickelt hatte, den man heute als Spielerei verharmloste? Hatte das Volk Israel in der Wüste nicht auch um ein goldenes Kalbsbild getanzt, das es vom Land seiner Knechtschaft her kannte?

Und warum fand die *farra* gerade in der Fastenzeit statt? Ausgerechnet am Todestag Jesu nahm sie ihren Höhepunkt! Früher hatte man es ganz offen gesagt: Am Karfreitag war Gott tot – und konnte also nicht sehen, was die Menschen anstellten!

Presbyter Manuel, der einer kleinen Gemeinde in einem Fischerdorf an der Muschelbucht vorstand, war selbst Fischer von Beruf. Auch seine Vorfahren stammten – wie die der anderen Gemeindeglieder – von den Azoren. Er kannte die *farra* anders als die Journalisten, die zur Fastenzeit aus den großen Städten des Nordens anrückten, um für die Presse sensationelle Reportagen über den umstrittenen Volksbrauch zu verfassen. In seiner Jugend war die *farra* für ihn etwas Bedrängendes, Faszinierendes gewesen; eine Versuchung, die nicht nur von außen kam. Er war einer derjenigen gewesen, die am kühnsten vor die Hörner der erregten Tiere gelaufen waren und die den Becher der Gefahr wie süßes Gift bis zur Neige geleert hatten.

Manuel hatte nach seiner Militärzeit gut zehn Jahre in einer Vorstadt von São Paulo verbracht, gierig nach Leben, der kleinkarierten Welt der Fischer überdrüssig. Er hatte in einer Autofabrik gearbeitet, so viel wie möglich gespart und nach Feierabend noch die Abendschule besucht. Er hatte gelernt und gleichzeitig Lehrgeld bezahlt. Mehrere Male war er nahe daran gewesen, von der Großstadt verschlungen zu werden, doch Gott hatte ihn davor bewahrt.

Eines Tages war es dann geschehen: Er, der Fischer, der in seiner Jugend vor menschlichen Netzen aller Art und von seinem heimatlichen Strand in die Großstadt geflüchtet war – er war mitten im Trubel der Metropole in das Netz Jesu Christi geraten. Bald hatte er gelernt, selbst das Netz auszuwerfen: an seiner Arbeitsstelle, auf öffentlichen Plätzen, in den Elendsquartieren der Armenviertel.

Einige Jahre nach seiner inneren Wandlung war Manuel in sein Dorf und zu seinem alten Beruf zurückgekehrt. Nicht die Sehnsucht nach den alten Bräuchen hatte ihn zurückgetrieben; vielmehr hatte Gott ihm gezeigt, dass er an den Stränden, die er aus seiner Kindheit und Jugend kannte, eine Aufgabe für ihn hatte.

Manuel hatte sich im Dorf ein Häuschen gebaut, war inzwischen verheiratet und verdiente sein Brot wie in seiner Jugend als Fischer. Gleichzeitig warf er unter den Fischern das Netz Christi aus, und Gott sorgte dafür, dass es nicht leer blieb. Er wurde zum Presbyter der kleinen Gemeinde ernannt, die schon in seiner Jugendzeit bestanden hatte, und bald betätigte er sich dort auch als Laienprediger.

Manuel kannte die Bibel besser als mancher ausgebildete Prediger. Die Fischer an den Stränden sagten anerkennend: „Er kennt nicht nur das Buch, er kennt auch den Verfasser."

Seine Predigten hatten eine ungewöhnliche Autorität, und das lag sicher nicht nur an seiner Bibelkenntnis und der Vertrautheit mit dem Leben der Fischer. Er redete nicht in abstrakten Begriffen, wiederholte keine frommen Formeln, sondern sprach lieber in konkreten Bildern. Manuel hatte von Gott die Gabe erhalten, seinen Zuhörern das Evangelium anschaulich vor Augen zu malen.

Auch außerhalb der kleinen Gemeinde sprachen die Fischer von Manuels Predigten. Und es war eigenartig: Dieselben Menschen, die bei der *farra* einen Ochsen zu Tode hetzen konnten, entpuppten sich im Alltag als Tierfreunde. So konnte Manuel sich der Aufmerksamkeit seiner Zuhörer sicher sein, wenn er über Tiere predigte.

Dass er „Fischpredigten" hielt, lag nahe, denn fast alle seine Zuhörer waren Fischer wie er, so wie es ja auch die ersten Jünger Jesu gewesen waren. Aber sie verstanden auch, wenn er bei der Erklärung eines Gleichnisses etwa sagte, man dürfe als Christ nicht die Hunde auf ein krankes Schaf hetzen. Es gelang ihm jedenfalls, das Evangelium in ihr Leben hineinzubuchstabieren.

Viele erinnerten sich lange an seine „Eselpredigt". Die war so anschaulich gewesen, dass man sie fast wörtlich wiedergeben konnte: Manuel hatte gesagt, es gebe drei Gruppen von Eseln, so wie es auch drei Arten von Menschen gebe. Zur ersten Gruppe gehörten die Wildesel, die in der Wildnis der Welt, wie es im Buch Hiob heißt, nach allerlei grünem Kraut suchten und mit ihrem Freiheitsschrei die Stecken der Treiber verspotteten.

Doch eines Tages erweise sich ihre Freiheit als Illusion. Die Wildesel würden irgendwann doch in schmähliche Knechtschaft geraten – und gehörten dann zur zweiten Gruppe: Das seien die eingefangenen Esel, die fortan Lasten zu schleppen hätten, getrieben von der Peitsche eines tyrannischen Herren. So sei es auch bei Bileam gewesen, der seinen Esel unmenschlich geschlagen und fast getötet habe, weil er, der Prophet, blind war für den Engel, der ihm den Weg verstellte.

Zur dritten Gruppe von Eseln oder Menschen gehörte dann das Eselsfüllen, auf dem Jesus in Jerusalem eingeritten sei. Zu dieser Gruppe wolle er, Manuel, gern selbst gehören. Seine Hörer sollten doch einmal nachlesen, was da in Matthäus 21 stand: Jesus hatte seinen Jüngern befohlen, sie sollten das angebundene Tier losbinden – ja, so stand es da: losbinden, nicht an den Halfter nehmen! – und sollten es dann zu ihm bringen. Und das Tier ging widerstandslos mit. Und Jesus setzte sich auf das Eselchen, auf dem noch niemand geritten war, und zog triumphierend in die heilige Stadt ein.

„Hat einer von euch schon einmal versucht, einen Esel zu reiten, der noch nicht zugeritten war? Der Esel ist ein wildes Tier, das nur mit dem Stecken äußerlich zu zähmen ist und versucht, jeden Reiter abzuwerfen. Bei Jesus ist das anders. Er gebraucht keinen Stecken. Er braucht ihn auch nicht. Bei ihm wird der wildeste Mensch von sich aus zahm und gefügig, wenn er merkt, dass er den Sohn Gottes trägt, der ihn lieb hat. Und indem er den Sohn Gottes in die Heilige Stadt trägt, zieht er selbst im Triumph mit in Jerusalem ein."

Jeder müsse nun selbst wählen, hatte Manuel daraufhin gesagt. Entweder das grüne Gras der zuchtlosen Freiheit dieser Welt, oder das Gesetz der Treiber, oder die neue Freiheit bei Jesus, „dessen Joch sanft und dessen Last leicht" sei.

Und die Gemeinde hatte wie immer am Ende seiner Predigten geantwortet: „Amen, Halleluja, so ist es, Bruder!"

Doch die Predigt, die den Fischern am deutlichsten in Erinnerung blieb, war seine „Ochsenpredigt“. Er hatte sie in der Nacht von Karfreitag auf Karsamstag gehalten, in dem Jahr, als die *farra* zum ersten Mal verboten worden war. Er predigte an jenem Abend nicht im Bethaus, sondern am Strand – vor einer Menschenmenge, die gar nicht zum Lob Gottes zusammengekommen war. Darüber wollen wir nun im Einzelnen berichten.

Zur Fastenzeit hatte trotz des offiziellen Verbotes wieder überall an den Stränden das wilde Treiben begonnen. Auch in dem Fischerdorf an der Muschelbucht traf man geheime Vorbereitungen für die *farra*.

Am Karfreitagnachmittag sollte es losgehen, die Leute flüsterten es sich schon Tage vorher gegenseitig zu. Everaldo, einer der jungen Männer des Ortes, hatte einen beträchtlichen Teil seiner Ersparnisse für den Kauf eines Ochsen verwendet, der in der Wildnis aufgewachsen war und in seinen 4 oder 5 Lebensjahren nur wenigen Menschen begegnet sein mochte. Es sah so aus, als würde es diesmal eine ganz besonders aufregende *farra* geben. Und das Gelage mit den Freunden nach der wilden Jagd – nun, das würde nicht weniger aufregend sein! Everaldo wusste: Alle würden am Schluss helfen, die Auslagen zu decken.

Manuel kannte Everaldo seit dessen Kindheit. Seine Eltern waren Mitglieder der kleinen Gemeinde, aber der Sohn war eigene Wege gegangen. Er hatte sich auf einem Fischkutter anheuern lassen, der das offene Meer vor der Küste abfischte – zum Leidwesen der kleinen Berufsfischer, die ihre Netze von Jahr zu Jahr mit kargerem Fang aus dem Wasser zogen.

Die Männer, die zur Besatzung der Motorschiffe gehörten, waren ein raues Volk. Nur die wenigsten waren von Haus aus Fischer gewesen. Im Zusammenleben mit ihnen hatte Everaldo alle Hemmungen abgelegt. Es gehe ihm gegen den Strich, hatte er einmal gesagt, in den Versammlungen der Frommen „Halleluja“ zu rufen. Er müsse seine Freiheit haben, und da habe ihm niemand hineinzureden. Niemand aus der Familie und niemand aus der Gemeinde. Seit dem Tag, als er sich für die Lebensweise seiner neuen Freunde entschieden hatte, war Everaldos Lebenswandel immer zügelloser geworden.

„Er ist jetzt wie der Wildesel im Hiobbuch", hatte einer aus der Gemeinde gesagt, „er lechzt nach allerlei grünem Kraut. Die falsche Freiheit hat ihn verblendet!"

An diesem Abend hatte Everaldo neben anderen Altersgenossen auch einige Freunde von der Schiffsbesatzung zur *farra* und zum anschließenden Spießbraten eingeladen. Nach drei Wochen auf hoher See hatten sie Landurlaub. Alle brannten darauf, sich an dem erregenden Schauspiel zu beteiligen.

Zwei Stunden vor Einbruch der Dunkelheit ging das wilde Treiben los. Der Ochse, ein kräftiges, rot-weiß geflecktes Tier, dessen Höcker und Hängeohren sein Zebu-Blut verrieten, war in Strandnähe ausgesetzt worden. Schon beim ersten Anlauf durchbrach er den Kreis von Schaulustigen, der sich um ihn gebildet hatte, und rannte in die von Strandpflanzen bewachsenen Dünen. Doch bald hatten sie ihn auch dort umringt und – mit Stöcken und Zweigen bewaffnet – bei einem Dornakaziengebüsch gestellt. Jetzt konnte jeder seinen Mut beweisen, indem er das bedrängte Tier reizte, möglichst nah an ihm vorbeirannte oder es mit einem Stecken bedrohte, um es zum Angriff zu bewegen.

Everaldo war ganz in seinem Element. Er hatte mit seinen Kameraden schon eine beträchtliche Menge Alkohol konsumiert, und sein Mut war entsprechend gewachsen. Ein paarmal kam er in gefährliche Nähe der spitzen Hörner des erregten Tieres. Das anfeuernde Geschrei der Zuschauer ließ ihn alle Gefahr vergessen. Er war diesmal wieder in bester Form, niemand konnte das bezweifeln!

Der Ochse durchbrach schließlich die auf mehr als hundert Menschen angewachsene Schar seiner Peiniger und rannte landeinwärts. Aber dort erwarteten ihn schon andere Angreifer; meist junges Volk, das ihm den Weg verstellte und ihn mitten in die Siedlung trieb. Das Tier war nun hochgradig erregt und schlug jeden in die Flucht, der ihm nahe kam. Doch gerade das war es ja, was die Menge wollte. Der Kitzel der Gefahr war das eigentliche Gewürz, das die *farra* so schmackhaft machte.

Manuel war gerade an seinem Bootsschuppen beschäftigt. In der Frühe des nächsten Tages wollte er mit dem Ruderboot auf das Meer hinaus, um nach den an Bojen verankerten Netzen zu sehen. Als er den allmählich stärker werdenden Lärm hörte, konnte er seinen Zorn über das wüste Treiben kaum verbergen. Ausgerechnet Everaldo musste hier an der Muschelbucht der Haupttreiber sein! Und dazu noch am Todestag des Herrn! Wie lange würde Gott mit diesem aufsässigen Sohn Geduld haben? Aber ... plötzlich kam ihm der Gedanke ... hatte Gott nicht auch mit ihm Geduld gehabt, als er in jungen Jahren mitten in der schreienden Menge gelaufen war?

Plötzlich war er selbst von der *farra* umtobt. Der Ochse war an Manuels Bootsschuppen vorbeigerannt, verfolgt von der lärmenden Menge, und da er nach keiner anderen Richtung ausweichen konnte, rannte er über den Sandstrand in die Brandung hinein. Er mochte auf dem Hochland Flüsse durchschwommen haben und daher mit Wasserflächen vertraut sein. Vielleicht hielt er die kleine Insel, die draußen vor der Bucht lag, für das jenseitige Ufer eines Flusses. Wenn er jenseits der Brandung in die Strömung geriet, das war ziemlich sicher, wurde er weggetrieben und war dann verloren.

Everaldo war mit einigen Freunden dem Tier in die anbrandenden Wellen gefolgt. Mit Stöcken und bloßen Händen versuchten sie es wieder zum Strand zu lenken. Doch der Ochse geriet jenseits der Brandungswellen in die hohe Dünung, war nun gezwungen zu schwimmen und begann abzutreiben. Bald verloren auch seine Verfolger den Boden unter den Füßen.

Es ging jetzt nicht mehr allein um das Leben eines Tieres. Menschenleben standen auf dem Spiel! Kaum einer von denen, die dem Ochsen ins Meer gefolgt waren, war ein geübter Schwimmer, wie es unter Fischern ja meist zu sein pflegt. Alle retteten sich wieder in die Brandung und beschränkten sich nun darauf – bis an die Brust in dem noch sommerlich warmen Wasser stehend –, ihre Erregung schreiend zu bekunden.

Everaldo setzte alles daran, seinen Ochsen nicht zu verlieren. Aber offensichtlich war er der Situation nicht gewachsen. Nur mit Mühe hielt er sich selbst über Wasser, und der Mut, den er sich angetrunken hatte, war einer großen Ernüchterung gewichen.

Später erzählte er, was ihm in dem Augenblick durch den Kopf gegangen war, als er den Boden unter den Füßen verlor. Im Geiste sah er eine Zeitungsmeldung vor sich: „Everaldo Azevedo – auf der *farra do boi* am Karfreitagabend an der Muschelbucht ertrunken, nachdem er vorher mit seinen Freunden gezecht hatte."

Manuel hatte von Anfang an den Ernst der Lage erfasst. Auch er war kein geübter Schwimmer. Er begriff plötzlich, dass er mit dem Ruderboot hinausmusste; das große Boot mit dem Dieselmotor war nicht wendig genug. Auf seinen Ruf hin halfen ihm einige Umstehende, das Flachboot über den breiten Sandstrand in die Brandung zu schieben. Augenblicke später ruderte er mit geübten Händen durch die sich überschlagenden Wellen.

Everaldo und sein Tier waren inzwischen weiter abgetrieben. Als Manuel den beiden näher kam, sah er, dass der junge Mann sich an den Schwanz des Ochsen geklammert hatte, um sich über Wasser zu halten. Wie es schien, war er zu Tode erschöpft. Auch das Tier zeigte Zeichen der Ermüdung. Wenn hier niemand eingriff, konnte die Sache nicht mehr lange gutgehen.

Kurz entschlossen band Manuel die Leine seines Wurfnetzes, das zur Bootsausrüstung gehörte, um das Sitzbrett und warf das Netz über den Kopf des Tieres. Es gelang ihm, Everaldos Arm zu fassen und ihn ans Boot heranzuziehen.

„Halt dich am Boot oder am Netz", rief er dem um sein Leben Kämpfenden zu.

Everaldo hatte erfasst, dass Manuel ihn nicht ins Boot ziehen konnte. Er würde Gefahr laufen, in der unruhigen See das Boot zum Kentern zu bringen. So klammerte Everaldo sich an das

Netz und an den Bootsrand und überließ sich den Händen seines Retters.

Manuel zeigte jetzt, dass er nicht nur predigen konnte. Durch geschickte Ruderschläge bugsierte er seinen ungewöhnlichen Fang langsam in die Brandung hinein – immer darauf bedacht, dass Mensch und Tier den Kopf über Wasser behielten.

Sobald er in flacheres Wasser kam, hatte er mehr Helfer, als er brauchen konnte. Begleitet von dem aufmunternden Geschrei der Menge trugen sie den völlig erschöpften Everaldo zum Strand, und auch der nicht weniger erschöpfte Ochse wurde von dem Netz befreit und im Triumph an den Strand geschleift.

Manuel hatte sich zu seinem Boot gestellt, das von vielen eifrigen Händen auf den Sandstrand geschoben worden war. Eltern und Geschwister Everaldos waren herbeigerufen worden. In eine alte Decke gehüllt, lag der Gerettete nun in Manuels Boot, nachdem er einen Teil des geschluckten Salzwassers wieder ausgespien hatte. Der Ochse lag keuchend auf dem nassen Sand, unfähig sich zu erheben. Es wurde langsam dunkel; die ersten Sterne kamen zum Vorschein.

Manuel begann, zu den Umstehenden zu reden. Als es dann in der Menge still wurde, sprach er lauter, so dass alle ihn verstehen konnten. Er redete mit einfachen Worten, ohne einen Anflug von Rhetorik, sichtlich darum bemüht, nur den Text auszulegen, den Gott soeben niedergeschrieben hatte.

Er zitierte ein Wort aus dem ersten Buch Mose, nach dem die Kinder Noahs den Tieren zur Furcht und zum Schrecken gesetzt waren. Aber dies sei ein Zeichen ihres Falls und ein Bild für den friedlosen Zustand ihrer Herzen. Sie hätten auch untereinander Furcht und Schrecken verbreitet, wie die Geschichte der Menschheit beweise.

Die wahre Verheißung Gottes, die für die erlöste Schöpfung gelte, sei jedoch eine andere. So stehe es im Propheten Jesaja: Bär und Kalb, Wolf und Lamm sollen beieinander liegen, und das Kind soll unverletzt neben dem Loch der Otter spielen.

Jesus Christus, das Lamm Gottes, sei von den Menschen gejagt worden, erklärte Manuel daraufhin. Sie hätten ihn auf einen Hügel bei der Heiligen Stadt getrieben, dort umstellt und getötet. Und er fuhr fort:

„War es nicht wie bei einer *farra do boi*? Nur dass Christus der Gejagte war und sich nicht zur Wehr setzte. Als Petrus das Schwert zog, verwehrte er ihm, zuzuschlagen. Stattdessen gab er sich widerstandslos in die Gewalt seiner Feinde. Ja, er hat sich für uns zu Tode jagen lassen, damit wir bei ihm Frieden finden.

Der Gekreuzigte stellt nun an jeden von uns die Frage: ‚Willst du einer der Jagenden sein, oder willst du bei dem Gejagten Frieden finden?' Die *farra do boi* ist für viele ein Spiel, aber im Grunde ist sie ein rechtes Abbild für Menschen, die sich gegen Gott auflehnen. Menschen haben heute ein Tier fast zu Tode gehetzt – und eben dieses Tier hat mit geholfen, seinem Verfolger das Leben zu retten! Gott hat geredet. Jetzt heißt es, seine Rede zu verstehen."

Die Menge verharrte in tiefem Schweigen. Die einbrechende Dunkelheit ließ kaum noch zu, einzelne Gesichter zu unterscheiden. Aber man spürte: Manuels Rede hatte die Herzen getroffen. Sicherlich, einige murrten innerlich, weil ihnen der Spaß verdorben worden war. Aber ihr Murren kam nicht gegen die Betroffenheit der Herzen an.

Manuel wandte sich nun direkt an Everaldo, der – in seine Decke gehüllt – im Boote kauerte.

„Diesen Ochsen, Everaldo, kannst du jetzt, nach allem, was geschehen ist, nicht mehr als dein Eigentum ansehen. Er ist den Stecken der Treiber entronnen ... Außerdem war er Gottes Werkzeug, durch das er dein Leben gerettet hat. Ich schlage vor, wir übergeben das Tier dem alten Afonso, der neulich seinen Arbeitsochsen verloren hat. Er kann ihn im Göpelwerk seiner Zuckerrohrpresse sein Futter verdienen lassen. Du weißt, der alte Afonso hat eine gute Hand mit Tieren. Der Gerechte erbarmt sich seines Viehs. Er wird dem Ochsen, der drischt, das Maul nicht verbinden ... wie es Gottes Wort fordert."

Manuel machte eine Pause und sah fragend auf Everaldo, der mit einem Mal hellwach war. Sein Selbstbewusstsein war schwer angeschlagen, aber er versuchte es durch eine witzige Bemerkung zu vertuschen.

„Meinen Ochsen hast du ja schon verschenkt, Manuel", sagte er mit einem Seitenblick auf seine Freunde, „willst du mich nicht auch noch verschenken? Du hast uns ja beide aus dem Wasser gezogen!"

Manuel sah den jungen Mann lange schweigend an. Dann sagte er: „Einen Menschen kann man nicht verschenken wie ein Tier. Aber es heißt in der Schrift: ‚Ein Ochse kennt die Krippe seines Herrn' – er kommt freiwillig und vertrauensvoll zu ihm. Darin kann er uns ein Vorbild sein. Und so möchte ich dich am liebsten dem Herrn Jesus Christus schenken, dem du bis heute ausgewichen bist, genauso wie ich es in meiner Jugend getan habe ... Und nicht nur *dich* möchte ich ihm schenken, sondern am liebsten alle, die hier stehen. Heute ist der Todestag des Herrn. Da hat Gott die Tür des Himmels weit aufgetan. Hört mit der Jagerei auf und verbündet euch mit dem Gejagten. Bei ihm ist Frieden!"

Einer unterbrach die entstandene Stille: „Amen, Halleluja, so ist es, Bruder." Ein halbes Dutzend sagten es ihm nach, und viele, die stumm blieben, waren doch in ihren Herzen bewegt, denn sie hatten die Macht des göttlichen Wortes erfahren.

Und dann geschah es, dass sich Everaldo im Kahn aufrichtete und Manuels Hand in seine noch zitternden Hände nahm. Er rang eine Weile nach Worten, weil er nicht wusste, wie er das ausdrücken sollte, was in seinem Herzen vorging. Dann sagte er laut und für alle vernehmlich: „Jawohl, ich schenke mich selbst dem, der mir das Leben neu geschenkt hat."

Im nächsten Augenblick war Everaldo von Menschen umgeben, die ihn umarmten – seine Eltern und auch weitere Mitglieder der Gemeinde, die sich am Strand eingefunden hatten. Sogar einer seiner Freunde vom Schiff legte den Arm um seine Schultern und sagte, dass er den gleichen Weg gehen wolle wie er.

Und so endete das Ochsenfest an diesem Karfreitagabend, wie es noch nie geendet hatte. Gott war nicht tot, er hatte seine Macht allen sichtbar gezeigt. Der Ochse blieb am Leben, die Menschenmenge zerstreute sich, und das Osterfest wurde diesmal in vielen Fischerhäusern anders gefeiert als sonst.

Auch in den folgenden Jahren fand keine *farra* mehr an der Muschelbucht statt, selbst als das polizeiliche Verbot schon längst in Vergessenheit geraten war.

Die Teufelssaat

Nein, er hatte Ralf nicht provozieren wollen. Auf keinen Fall! Ricardo hätte schwören können, dass er überhaupt nicht daran gedacht hatte, ihn zu beleidigen. Was war schon dabei, wenn ein junger Kerl einen anderen wegen seines Mädchens aufzog? Es war nichts als die übliche Frotzelei gewesen, ein dummer Scherz, nichts weiter. Weshalb hatte er reagiert, als ob er von Sinnen wäre?

Wie ein böses, wildes Tier hatte er sich gebärdet, als Helgas Name gefallen war. Hatte er nicht genau gewusst, dass alles nur ein dummer Scherz war? Hatten sie nicht die ganze Zeit auf dem Kegelplatz vor dem Laden miteinander ihren Spaß dann ... Ohne Vorwarnung hatte dieser elende Linkshänder zugeschlagen. Heimtückisch zugeschlagen. Ohne ihm Zeit zur Gegenwehr zu lassen, hatte er ihm mit der flachen Hand ins Gesicht geschlagen – in Gegenwart der anderen jungen Leute, die wie verschreckte Hühner herumstanden.

Er hatte es ganz bewusst getan. Bewusst und gekonnt – wohl wissend, dass niemand damit rechnet, einen Schlag mit der Linken ins Gesicht zu bekommen!

Hatte er Helga beeindrucken wollen? Das war ihm gelungen, zweifellos. Helga war seit Kindertagen seine, Ricardos, Freundin gewesen. Als Nachbarskinder waren sie wie Geschwister miteinander aufgewachsen. Jahrelang hatte er es für selbstverständlich gehalten, dass sie für das ganze Leben zusammengehörten. Er sah sie wieder vor sich: Sie war kreidebleich geworden, als Ralf zugeschlagen hatte. Ja, es war ihm gewiss gelungen, Helga zu beeindrucken – genauso wie es ihm gelungen war, sich in ihre unschuldige Kinderliebe einzudrängen und das Land seiner Träume und Sehnsüchte ein für alle Mal zu zerstören.

Helga hatte sich zu guter Letzt für den anderen entschieden, den älteren und wohlhabenderen Ralf. Warum auch nicht?

Schließlich war Ralf stolzer Besitzer von eigenem Grund und Boden, und sein Haus stand kurz vor der Vollendung. Ein tüchtiger Kerl, dieser Verlobte ... Ja, wenn man sich den reichsten Bauern des Ortes zum Vater aussucht, geht halt alles leichter, und einem fliegt vieles nur so zu. Der Vater hilft dabei, das weiche Nest zu bauen ... Keine Frage: Helga war ein vernünftiges Mädchen. Sie hatte eine kluge Wahl getroffen.

Während sich Ricardo, von einigen Freunden begleitet, vom Dorfzentrum entfernte, versuchte er sich die Szene noch einmal in Erinnerung zu rufen. Weshalb hatte er sich eigentlich nicht gewehrt und den Schlag im gleichen Atemzug erwidert? Richtig, er hatte gezögert; einen Moment nur hatte er gezögert. Dann waren die anderen dazwischengesprungen, hatten die beiden Kampfhähne getrennt, indem sie sich an ihre Arme hängten. Sogar die Frauen hatten sich eingemischt.

Er sah Helga mit aller Deutlichkeit vor sich. Stumm hatte sie zwischen den aufgeregten Mädchen gestanden und erschrocken auf die lächerliche und demütigende Szene geblickt.

Welch eine Schande, welch ein verdorbener Sonntag! Ricardos von Sommersprossen überdecktes Gesicht brannte, sobald er nur an die erlittene Schmach dachte. Was nützte es schon, dass er vor aller Ohren geschworen hatte, Ralf den Schlag heimzuzahlen! Es zählte das, was wirklich passiert war. Er hatte Schläge bekommen. Er, ein Bursche von 19 Jahren, hatte Schläge bekommen – wie ein milchbärtiger Junge von 12. Wahrscheinlich hatte Ralf ihn ins Gesicht geschlagen, um seiner Helga zu zeigen, dass dieser Freund aus Kindertagen kein wirklicher Mann war – und vermutlich auch niemals einer werden würde.

Wer war er denn schon? Zusammen mit der Mutter und den jüngeren Geschwistern war er seit dem Tod des Vaters gezwungen, ein karges Leben zu führen. Er hatte nichts unter den Füßen, wie man so schön sagte – also durfte man ihn ungestraft wie einen dummen Jungen behandeln. Seine Familie würde die Schmach ohne zu mucken hinnehmen müssen. Seine kümmerliche, elende Familie, die sich demütig unter dem Schindeldach des letzten Hauses im Tal duckte! Helga hatte schon ihre Gründe, sich von ihm loszusagen und sich an Ralf zu hängen, dessen Vater am Ort das Sagen hatte. Ralf, der dazu noch groß und blond war – und stark wie ein Bulle!

Am Abend des Tages zog Ricardo Bilanz: Nein, er war nicht jener brave, rechtschaffene Junge, für den ihn bisher alle gehalten hatten – Helga eingeschlossen. Er hatte sich selbst lange Zeit mit diesem braven Jungen identifiziert: Er, Ricardo, nach dem Tode des Vaters die Stütze der Mutter und der verantwortliche Mann auf dem kleinen Hof ... Ricardo, der besonnene, selbstlose junge Mann, der sich für andere aufopferte ... Es war schön gewesen, sich in all den Lobeshymnen zu sonnen, die über ihn verbreitet wurden.

Aber jetzt war es aus damit! Ein Raubtier war in ihm erwacht, das bisher unbemerkt in seinem Innern geschlafen hatte. Die alten Rezepte, sich von aufregenden und ärgerlichen Dingen zu befreien – Abstand gewinnen, mit anderen Menschen reden, ja ins Gebet flüchten – alles tat er von sich. Der Schlag ins Gesicht hatte alles verändert. Ricardo fühlte, wie er getrieben wurde. Er wusste selbst nicht, wohin, spürte nur in seinem Innern, dass es ihn trieb und drängte. Und mit zusammengebissenen Zähnen ließ er sich treiben.

Seine Wut, die am Anfang in hellen Flammen gelodert hatte, verglühte allmählich. Doch unter der Asche glomm es weiter, Tag und Nacht. Die Wut nagte an seinen Eingeweiden und vergiftete sein Inneres.

Die Fenster seiner Seele schlossen sich in den folgenden Tagen mehr und mehr. Einsilbig antwortete er auf die besorgten Fragen seiner Mutter, die sein verändertes Wesen nicht erklären konnte. Er tat seine Arbeit wie immer, wies den jüngeren Geschwistern ihre Aufgaben zu, doch er tat es schweigend, als weilten seine Gedanken in weiter Ferne. Zum Glück versuchte keines der Geschwister, in sein Inneres vorzudringen. Sie merkten, dass er in seinem Kämmerchen allein sein wollte.

Ricardos Gedanken glichen in jenen Tagen einem Rennpferd,

das – vom Lasso des Trainers gehalten – seine Runden läuft. Sie drehten sich um einen einzigen Gegenstand: Rache! In seinem Kopf war kein Platz mehr für anderes. Mechanisch tat er, was zu tun war, doch während er mit der Buschsichel das Farnkraut auf der Bergweide mähte, durchstreifte er im Geist eine völlig andere Landschaft. Er suchte nach einem Weg, sich für die erlittene Schmach zu rächen. Mit seinen Fäusten konnte er wenig gegen den baumstarken Burschen ausrichten, das wusste er wohl. Ihn mit einer Waffe zu stellen kam auch nicht in Frage. Es war nicht üblich im Dorf, ganz anders als auf der nahen Hochlandssteppe, wo man Konflikte oft mit dem Messer oder der Pistole austrug. Niemand würde zu ihm stehen; er würde ins Gefängnis kommen und seiner Familie Schande bereiten.

Was konnte er tun, um Ralf heimzuzahlen, was der ihm angetan hatte? Sollte er spät in der Nacht auf seinen Acker schleichen und mit dem Buschmesser die Melonen kurz und klein hacken, die er gepflanzt hatte? Oder sollte er einen Lumpen mit Kerosin tränken und sein Bretterhaus, das nur noch auf den Anstrich wartete, anzünden? Wenn er das Nest der beiden zu Asche verbrannte – wäre das nicht die perfekte Rache?

Nein, so ging es auch nicht, der Verdacht würde sofort auf ihn fallen. Die Schande wäre dann größer als die, die er jetzt zu tragen hatte. Und es würde seine Familie treffen, die Mutter vor allem. Nein, er musste sich etwas noch Raffinierteres ausdenken. Etwas, das noch keiner getan hatte und ihm den Genuss einer anhaltenden, lebenslangen Rache garantierte. Etwas, das kein Mensch jemals nachweisen konnte ...

Und auf einmal war in ihm der Gedanke aufgeblitzt. Eine finstere Vision, die da plötzlich über ihn kam, eine Erleuchtung aus der Hölle ... Ja, nun wusste er es: Das wäre die vollkommene Rache.

Die Buschsichel schlug in ihrem alten Takt weiter, doch seine Zähne verbissen sich ineinander. Sein Blick wurde kalt und hart.

Wie durch ein Wunder änderte sich von Stund an Ricardos

Verhalten. Auf einmal schien er wieder ganz natürlich mit der Mutter und den Geschwistern reden zu können. Sein Lachen tönte durch das Haus, fast lauter als früher. Alles schien wieder in Ordnung zu sein.

Die Einzige, die sich nicht täuschen ließ, war Ricardos Mutter. Im Geheimen beobachtete sie das Gesicht ihres Jungen und stellte bekümmert fest, dass die Fenster verschlossener waren denn je. Verschiedene Male hatte sie den Versuch gemacht, sie vorsichtig zu öffnen und ihn ihre Sorge spüren zu lassen, doch jedes Mal hatte er sich ihr entzogen.

Es fiel keinem auf, als Ricardo an einem Sonntagnachmittag das Haus verließ. Er steuerte auf die Bergweide zu und verschwand kurz darauf im Gebüsch eines dicht bewachsenen Hanges. Der Hang gehörte zu dem alten, brach liegenden Weideland, das schon der Vater hatte verwildern lassen, weil es mit *mata-pasto* verseucht war. Das Teufelszeug hatte den Hang völlig überwuchert. Wo diese Pest erst einmal Fuß gefasst hatte, da war es mit der Weide aus. *Mata-pasto*, der „Weidetod".

Jetzt stand das Unkraut hüfthoch, schwer von schwarzen Samenkapseln. Bald würden sie herausfallen und den schon ruinierten Hang noch weiter verderben. Der schwarze, kantige Same, der aussah wie Zwiebelsamen, konnte fünfzig Jahre in der Erde liegen, ohne aufzugehen. Aber wenn das Gebüsch gerodet oder das Land bearbeitet wurde, dann erwachte er zum Leben, selbst wenn man das gerodete Buschwerk verbrannte. Wessen Land einmal mit *mata-pasto* verseucht war, der wurde es nicht wieder los.

Ricardo nahm den Baumwollsack, den er am Vortag im Gebüsch verborgen hatte, und begann sein Werk. Er zerrieb die reifen Samenkapseln zwischen den flachen Händen und sammelte die Körner in dem Sack.

Nach einer Stunde überprüfte er das Ergebnis seiner Arbeit: Was er gesammelt hatte, wog sicherlich nicht mehr als ein Kilo, denn der Same war federleicht. Der Sack war zwar schon sichtbar aufgebauscht, aber es musste noch mehr sein, viel mehr. Er musste ganze Arbeit leisten! Doch für heute war genug getan. Er verbarg den Sack im Gestrüpp und schlenderte nach Hause zurück.

In der folgenden Woche setzte Ricardo während der Mittagsstunde sein heimliches Werk fort. Der Baumwollsack war schließlich bis zum Rande gefüllt. Genug für Ralfs Grundstück, für den gepflügten Acker, für die Weide. Es war mehr als genug, um das ganze Gelände zu verpesten.

Ricardo versteckte den prall gefüllten Sack in einer Bodensenke, die er sorgfältig mit Blattwerk abdeckte. Nun wartete er auf eine günstige Gelegenheit, um seinen Plan auszuführen. Es sollte ein Racheakt sein, an dem selbst der Teufel nichts auszusetzen hatte ... Eine Rache, so groß wie die Schmach, die ihm angetan worden war.

Die Gelegenheit kam. Und alles lief genau so, wie Ricardo es in Gedanken geplant hatte.

Mitternacht war schon vorüber, und der abnehmende Mond stieg langsam über den dunklen Bergrücken. Ricardo hatte den Sack mit Unkrautsamen geschultert und schlich auf Feldwegen und verwachsenen Pfaden talabwärts. Er mied die Fahrstraße und die Nähe der Wohnungen, denn er wollte auf jeden Fall verhindern, dass er gesehen wurde. Niemand würde davon erfahren. Er allein war der Herr seiner Rache, und er würde sie sein ganzes Leben lang in heimlichem Triumph auskosten.

Ricardo überquerte den Bach, durchschritt das Pinienwäldchen, das sich am Ufer hinzog, und kam schließlich an die Stelle, wo er die Straße kreuzen musste. Für eine Weile tauchte er in das blasse Mondlicht ein, das den hellen Kies der Straße fast unwirklich zart erscheinen ließ.

Als er sich gebückt zwischen zwei Stacheldrähten hindurchzwängte, erblickte er plötzlich neben sich eine Furcht erregende Gestalt. Es war sein eigenes Schattenbild, das der Mond auf die Straße zeichnete: eine dunkle, gebückte Figur mit einem unförmigen Bündel auf dem Rücken. Die ganze Szene hatte etwas Gespenstisches. Es war, als ob ein höllisches Schauspiel abliefe, das sich über ihn legte wie ein dunkles, lähmendes Netz. Ricardo starrte eine Weile wie hypnotisiert auf das Bild, dann riss er sich los, überquerte eilig die Straße und tauchte wieder in den Schatten ein. Er beschleunigte seinen Schritt und steuerte zielstrebig auf Ralfs Grundstück zu.

Schon tauchte das Haus zwischen den Büschen auf. Noch hundert Meter, und er würde mit seinem Werk beginnen können, mit der Rachesaat, die in den letzten Wochen sein gesamtes Denken eingenommen hatte. Er würde den Samen unter die Tomatenpflanzen streuen, die gerade die ersten Früchte angesetzt hatten, zwischen den hüfthohen Mais, auf das Melonenfeld, auf die neue Weide, überallhin, ja auch auf die Gemüsebeete und die Blumenrabatten vor dem Haus. Mit besonderer Sorgfalt würde er die Umgebung des Nestes besäen, das sich die beiden einzurichten gedachten. Helga hatte sich ja für Ralf entschieden. Nun, bald würde sie sehen, was ihr der reiche Liebhaber zu bieten hatte.

Doch urplötzlich – er war schon am Rande des Ackers angekommen – spürte Ricardo, dass etwas mit ihm nicht in Ordnung war. Ein merkwürdiges Zittern hatte ihn befallen. Es war ein regelrechter Anfall, wie Schüttelfrost bei einem Schwerkranken. So etwas hatte er noch nie erlebt. Nicht nur seine Hände zitterten – sein ganzer Körper wand sich in Zuckungen.

„Vorwärts, Feigling!“, stieß er mit zusammengebissenen Zähnen hervor. „Vorwärts! Bringe zu Ende, was du angefangen hast!“

Doch das Zittern wurde schlimmer. Schließlich konnte Ricardo nicht mehr aufrecht stehen. Er schleuderte den Sack auf einen Haufen Steine und Wurzelstöcke, die Ralf vor ein paar Tagen beim Roden eines neuen Ackers aufgehäuft hatte. Im Schatten der Dornakazien, die das Grundstück begrenzten, warf er sich schließlich zu Boden.

Eine bleierne Müdigkeit lag schwer auf seinen Gliedern. Gleichzeitig spürte er seinen Herzschlag bis in die Halsschlagader. Kalter Schweiß stand ihm auf der Stirn. Er presste das Gesicht auf den taunassen Boden, grub die Fingernägel in die Erde und wartete, dass der Zitteranfall vorübergehen sollte.

Als er völlig verstört und verzweifelt dort auf der Erde lag, kam ihm die Erleuchtung. Das wurde ihm später klar, als er sich die Szene wieder ins Gedächtnis rief. War es wirklich genau in diesem Augenblick? Oder ein paar Minuten später, als er Gott schon angerufen hatte? Da war kein Zweifel möglich. Er hatte erst nachher zu Gott geschrien. Gott hatte den Anfang gemacht! Er hatte eine Barriere errichtet, die er nicht überschreiten konnte – obwohl er alles darangesetzt hatte, es zu tun.

Am Anfang hatte er gedacht, sein Hirn würde ihn mit Gaukelbildern und Wahnvorstellungen narren. Aber es waren keine Fieberträume gewesen. Er hatte eine Stimme gehört. Eine innere Stimme, die aber gar nicht aus seinem Innern kam. Wie ein Blitzschlag hatte sie ihn getroffen. Es war die Stimme Gottes, die er gehört hatte, daran gab es nichts zu deuteln. So konnte nur Gott sprechen. Es waren Worte, die er von Kindheit an kannte und die nun in ihm brannten wie glühendes Feuer: „Bei Nacht kam sein Feind und säte Unkraut zwischen den Weizen ..."

Gott hatte klargestellt: Der Feind war der Teufel. Und er, Ricardo, war soeben dabei, ganz im Sinne des Teufels zu handeln. Er lag auf den Knien, das Gesicht ins nasse Gras gepresst. Sein Wille war einem fremden, bösen Willen unterworfen. Er war im Begriff, eine Teufelsmesse zu vollziehen, sich finsteren Mächten zu unterwerfen. Jetzt fehlte nur noch die völlige Hingabe, die durch das Aussäen des Unkrautsamens geschehen würde. Da gab es nichts zu deuteln. Dies war die Hölle.

In Ricardos Augen hatte sich jenes unheimliche Schattenbild eingeprägt, das er auf der mondhellen Straße erblickt hatte. Es war kein Alptraum gewesen, der sich beim Erwachen in nichts auflösen würde. Er, der brave und angesehene Ricardo, er schlich im Dunkeln durch die Büsche, um Unkrautsamen auf das Feld eines Menschen zu säen, dem er feind war. Der Sack lag direkt vor ihm, ein stummer Zeuge seiner Bosheit.

Wie von plötzlicher Hellsicht erleuchtet, sah Ricardo der Wahrheit ins Gesicht. Er blickte in einen finsteren Abgrund, und dieser Abgrund gähnte in seinem eigenen Herzen! Auf einmal sah er den wahren Zusammenhang der Dinge, die geschehen waren. Jawohl, er hatte Ralf an jenem Sonntag wirklich verletzen wollen. Seine Bemerkung war kein Scherz gewesen. Und auch Helga hatte er verletzen wollen. Es war kein Zufall gewesen, dass Ralf wie ein Besessener reagiert hatte. In Wirklichkeit waren sie beide besessen gewesen. Die Dämonen verstanden sich, sie kommunizierten miteinander auf vielschichtige Art und Weise, sie verstanden die geheimen Beweggründe der Herzen, auch wenn keine Worte fielen. Und jetzt, da er begriff, was geschehen war ... jetzt war es zu spät. Jetzt würde er in den Abgrund stürzen, von dem es keine Rückkehr gab.

„Gott, mein Gott, lass es nicht zu! Reiß mich heraus aus der Verdammnis!“ Er rief das Stoßgebet laut in die Nacht hinein, während er immer noch seine Stirn in das nasse Gras presste. Er spürte, wie ihm Tränen über Stirn und Wangen liefen und sich mit dem Tau des Grases mischten.

Eine kurze Zeit verharrte er in dieser Haltung. Dann überkam ihn – ganz unvermittelt – tiefer Friede. Eine innere Ruhe, ein beglückendes Gefühl des Getragenwerdens, das er später weder deuten noch genau beschreiben konnte. Er wusste nur: Was zuvor eine Erleuchtung des Gerichts war, das war nun eine Erleuchtung der Gnade.

Ricardo atmete tief durch. Wie gut die Erde roch! Als er sich von dem nassen Gras erhob, merkte er, dass er nicht mehr zitterte. Das Schwitzen hatte aufgehört, er fühlte sich wie neugeboren. Seine Gedanken waren klar wie das Wasser des Bergbaches. Ein kaum spürbarer Lufthauch bewegte die Blätter der Dornakazien. Es war, als ob der zarte Hauch die Fenster seiner Seele geöffnet hätte.

Entschlossen griff er nach dem Sack. Er hatte ihn auf den Steinhaufen gelegt und stellte nun fest, dass er umgefallen und ein großer Teil des Samens herausgefallen war. Daraufhin schüttete er auch den Rest zwischen die Steine, schichtete Blöcke und Baumwurzeln darüber, um ein Wegfliegen der Samen zu verhindern und die Spuren seines teuflischen Plans zu verwischen.

Auf dem Heimweg ging Ricardo die Fahrstraße entlang, ohne auf die Hunde zu achten, die von Hof zu Hof seine Schritte mit wütendem Gebell begleiteten. Als er durch die Hintertür das Haus betrat und im Dunkeln zu seiner Schlafkammer tastete, merkte er, dass die Mutter an ihrer Zimmertür stand. Sie musste gehört haben, wie er das Gartentor öffnete.

„Junge, ich hatte Angst um dich. Warst du draußen? Ist etwas passiert?"

„Es ist alles in Ordnung, Mutter. Ich konnte nicht schlafen und bin ein wenig durch die Felder gestreift. Jetzt ist alles gut. Danke für alles, Mutter."

Die Mutter atmete auf. Die wenigen Worte ihres Jungen reichten aus. Sie wusste jetzt: Gott hatte ihre Gebete erhört.

Monate später. Ricardo war gerade damit beschäftigt, auf einem steilen Feld nahe der Straße Maiskolben zu brechen. Plötzlich hatte er das Gefühl, dass ihn jemand beobachtete. Er blickte zur Straße hinunter und sah eine ihm wohl bekannte Gestalt. Ralf war am Straßenrand stehen geblieben und schaute zu ihm hinauf.

„Willst mir wohl bei der Arbeit helfen?", rief Ricardo ihm zu. „Komm ruhig her, es sind noch ein paar Körbe voll Kolben zu brechen."

Ohne ein Wort zu sagen, stieg Ralf den steilen Feldweg hinauf und begann, an Ricardos Seite Maiskolben zu brechen. Als der Korb voll war, fing er schließlich an zu reden. Er sprach vernünftig und ruhig, wie ein reifer, erwachsener Mann spricht. Helga und er planten, in zwei Monaten zu heiraten, erzählte er, und sie wollten keine Uneinigkeit in ihre Ehe hineinnehmen. Gerade für Helga sei das ganz wichtig. Er schwieg eine Weile verlegen, dann bat er stockend um Verzeihung für seinen Jähzorn vor drei Monaten. Er konnte es heute selbst nicht mehr verstehen, weshalb er sich an dem Sonntag über die scherzhafte Bemerkung so aufgeregt hatte.

Ricardo reichte ihm die Hand und sagte mit großem Ernst: „Für mich ist die Sache erledigt. Wir wollen nicht mehr daran denken." Und zögernd fügte er hinzu: „Seit ungefähr 5 Wochen ist sie für mich erledigt. Ich wünsche euch beiden viel Glück."

Sie brachen zusammen noch ein paar Körbe Mais, dann bestand Ralf darauf, Ricardo sein neues Haus zu zeigen, das er inzwischen selbst angestrichen hatte. Seite an Seite gingen sie den Weg am Bachufer entlang. Als sie an der Dornakazienhecke ankamen, hinter der die Tomatenpflanzen standen, die jetzt voll reifender Früchte hingen, sah Ricardo überrascht, dass der Steinhaufen über und über von *mata-pasto* bedeckt war.

Ralf spürte den fragenden Blick seines Begleiters und sagte, er wisse selbst nicht, wie diese Pest auf den Steinhaufen gekommen sei. Auf seinem Land hatte es bisher das Teufelszeug nicht gegeben, denn der Vater hatte immer darauf geachtet, dass kein Pflänzchen zum Blühen kam. Wer diesen mit Unkraut bedeckten Steinhaufen sah, musste fast auf den Gedanken kommen, dass der Böse seine Hand im Spiel hatte.

Nachdenklich sagte Ricardo: „Vielleicht hat er wirklich seine Hand im Spiel gehabt. Böses zu säen ist ja sein Handwerk. Aber mach dir keine Sorgen. Ich kenne mich mit dem Teufelszeug aus. Ich werde dir dabei helfen, es in Schach zu halten. Man darf nur nicht zulassen, dass es zum Blühen kommt und Samen wirft."

Der Schatzsucher

Seit Kindertagen hatte Fabio die Fähigkeit besessen, verlorene Gegenstände wiederzufinden. Es war, als ob er über einen sechsten Sinn verfügte, der gewöhnlichen Menschen fehlte. Hatte jemand im Haus ein Werkzeug verlegt, so wurde Fabio gerufen. Er fand es meistens in kürzester Zeit. Kinder, die auf dem Schulweg eine Münze, eine Glasmurmel oder ein Taschenmesser verloren hatten, wandten sich ganz selbstverständlich an ihn. Meist fand er die vermissten Dinge schon beim ersten Versuch. Andernfalls ging er wie ein witterndes Tier den Weg entlang, bis er die richtige Fährte entdeckt hatte, und gewöhnlich hielt er bald darauf den gesuchten Gegenstand in Händen.

Es gab Leute, die sagten: Solch eine Fähigkeit kommt vom Teufel. Andere meinten, der Junge sei medial begabt, und er müsse diese Gabe weiterentwickeln. Fabio selbst machte sich keine weiteren Gedanken darüber. Er fand verlorene Sachen eben leichter als andere. Was war schon dabei?

Als jedoch sein Klassenlehrer, der ihm ein väterlicher Freund war und auf den er viel hielt, in einer Unterrichtsstunde einmal über Gaben und Talente sprach – und dabei auch Fabios Fähigkeit erwähnte, verlorene Dinge wiederzufinden –, da horchte er auf. Der Lehrer sagte, diese Gabe könne ein Zeichen dafür sein, dass er dazu berufen sei, Größeres und Wertvolleres zu finden als verlorene Münzen.

Sie sprachen im Unterricht gerade über das biblische Gleichnis von dem Mann, der beim Pflügen im Ackerboden einen Schatz gefunden hatte und der dann alles verkaufte, um in den Besitz dieses Schatzes zu kommen. Jeder Mensch sei ein besonderer Gedanke Gottes, erklärte der Lehrer. Jeder habe eine besondere Gabe erhalten, die es recht zu gebrauchen gelte. Man müsse alle Gaben als von Gott geschenkte Möglichkeiten ansehen und sie dazu einsetzen, anderen Menschen zu helfen.

Der Lehrer hatte das mit dem Schatz im Acker gewiss geistlich gemeint. Doch in Fabios Tagträumen wurde der im Gleichnis erwähnte Schatz zu einem Magneten, der mehr und mehr seine Gedanken anzog. Begierig las er alle Goldgräbergeschichten, die er finden konnte, und im Laufe der Zeit verwandelte sich der „Schatz“ in einen kopfgroßen Goldklumpen, den er mit unfehlbarem Gespür irgendwo in seiner Traumlandschaft entdeckte.

Fabio wuchs heran, brachte die Schule hinter sich, leistete seinen Militärdienst ab und arbeitete dann längere Zeit in einer Autoschlosserei. Sein Leben schien ganz in der Routine aufzugehen, die gewöhnlich den Alltag der Menschen beherrscht. In diesem Alltag gab es nichts Besonderes zu entdecken; es gab nirgendwo verborgene Schätze, die einer hätte finden können. Der Traum vom Goldschatz war wohl ausgeträumt.

Eines Tages drang in das verschlafene Städtchen die Meldung, im Norden des Landes seien unermesslich reiche Goldlager entdeckt worden. Fabio hörte in den Fernsehnachrichten die Berichte von Schürfern, die mitten in der Wildnis märchenhafte Schätze gefunden hatten. Dort, am „Kahlen Berg“, lag das neue Eldorado. Der bloße Klang des magischen Namens faszinierte die Menschen im ganzen Land.

Auf einmal war es Fabio, als ob in seinem Innern ein Damm bräche, dessen Wasser sich in den letzten Jahren aufgestaut hatte. Nun konnte nichts mehr die hervorbrechende Flut zurückhalten. Seine alten Tagträume überfielen ihn mit plötzlicher Gewalt. Nein, der Traum seiner Jugend war nicht ausgeträumt. Jetzt wurde er Wirklichkeit! Jetzt fing das eigentliche Leben an. Was war das Leben schon wert, wenn es nicht von einem Traum beherrscht wurde? Hier im Städtchen war er am falschen Platz. Der Lehrer hatte es ihm prophezeit – und nun gingen seine Worte in Erfüllung!

Bei der Arbeit träumte Fabio nur noch von Gold. Beim Essen dachte er an goldhaltigen Sand und an faustgroße *pepitas*, Klumpen aus reinem Gold, wie sie dort im Norden gefunden wurden. Selbst wenn er in der Kirche die Hände zum Gebet faltete, schürfte er in Gedanken Goldkörner aus dem sandigen Bett eines umgeleiteten Baches. Es war ein Zwang, er konnte an nichts anderes mehr denken.

Seinem inneren Drang folgend, verkaufte Fabio eines Tages sein Motorrad, hob seine Ersparnisse vom Konto ab und besorgte sich die nötigsten Dinge, die er als Goldgräber brauchen würde. Seine Eltern und auch die Geschwister wollten von seinem Plan nichts wissen, aber er schlug alle Einwände in den Wind. Ebenso wenig hörte er auf Freunde, die ihn zur Vernunft riefen. Geflissentlich vermied er die Begegnung mit seinem alten Lehrer; wohl wissend, dass dieser ebenfalls versuchen würde, ihn von seinem Plan abzubringen.

Eines Morgens verließ der vom Goldfieber Gepackte nach einer letzten Auseinandersetzung mit dem Vater das Elternhaus. Er schulterte den schweren Rucksack und begann seine lange Wanderung Richtung Norden.

Zielbewusst nahm Fabio seinen Weg unter die Füße oder auch unter die Räder, wenn er einen Lastwagen fand, dessen Fahrer ihn ein Stück weit mitnahm. Es ging immer weiter in nördlicher Richtung. Den ersten Teil der Wegstrecke kannte er noch aus seiner Militärzeit, und außerdem hatte er sich die ganze Route anhand von Karten genauestens eingeprägt.

Mehr als dreitausend Kilometer war Fabio nun bereits getrampt oder gefahren. Allmählich hörten die Fahrstraßen auf, und er musste sich zu Fuß durch Wälder und Ödland schlagen, immer häufiger in Begleitung von anderen Glücksrittern, die ebenfalls den neuen Fundstellen zustrebten.

Ein paar Tagesmärsche vor dem Ziel verdingte er sich bei einer Gruppe von Männern, die in der Nähe der neuen, noch unbefestigten Zufahrtstraße zum Kahlen Berg Gold aus den sandigen Ufern eines Flüsschens gewannen. Er konnte nicht mit leeren Händen an seinem Ziel anlangen. Er brauchte Startkapital. Hier wollte er es sich beschaffen.

Fabio erlernte das Handwerk auf erbarmungslose Weise. Er

musste die Dreckarbeit tun, atmete giftige Quecksilberdämpfe ein und bekam seinen ersten Malariaanfall.

Als Entlohnung erhielt er einen vorher vereinbarten Teil des Ertrags der Schürfarbeit. Doch es war nicht der Rede wert, was man ihm am Wochenende an Goldklümpchen zumaß. Die Ausbeute war karg. Wo kein großes Gold war, konnte niemand großes Gold finden, selbst er nicht.

Eines Sonntagmorgens, als die übrige Belegschaft ihren Wochenrausch ausschlief, überkam Fabio plötzlich das Gefühl, dass er am Oberlauf des Flüsschens nach Gold suchen solle. Es war wie in seiner Kindheit. Es kam ihm vor, als treibe ihn eine innere Stimme, als würde eine geheime Kompassnadel in seinem Innern die Richtung angeben, die er zu gehen hatte.

Kurz entschlossen machte er sich auf den Weg, nahm kein Gerät mit sich außer seinem Schürflöffel, den er in der Hosentasche verbergen konnte. Mühsam arbeitete er sich durch das Uferdickicht flussaufwärts.

An einer Flussbiegung machte er sich nahe dem Ufer an die Arbeit. Er wusste, Gold war schwerer als Sand; es sank in die Tiefe, sammelte sich an den tiefsten Stellen. So grub er mit dem Schürflöffel und mit bloßen Händen, um die tief zwischen den Steinen liegenden Sandschichten zu erreichen. Schon nach einer halben Stunde fand er zwischen zwei Steinblöcken außer ein paar kleinen Körnchen einen walnussgroßen, mindestens hundertfünfzig Gramm schweren Goldbrocken.

Sorgfältig vergewisserte er sich, dass er nicht beobachtet wurde. Dann grub er mit seinem Löffel ein Loch unter einen hoch am Ufer gelegenen Felsblock, dessen Lage er sich genau einprägte. Seinen Fund legte er in eine vorsorglich mitgebrachte kleine Blechdose, verbarg die Dose in dem Loch und tarnte das Versteck mit herumliegenden Steinen.

Von dem Tage an verbrachte Fabio jede freie Stunde an der von ihm entdeckten Fundstelle. Um keinen Verdacht aufkommen zu lassen, hatte er bei einer günstigen Gelegenheit eine ausrangierte Goldwäscherschüssel und einen alten Grabspaten in der Nähe seines Verstecks im Ufergebüsch verborgen, um sich bei seinen wiederholten Alleingängen nicht durch das Gerät zu verraten. Zudem nahm er bei seinen Gängen meist ein Wurfnetz mit, um seine wahre Absicht zu tarnen. Und wirklich brachte er fast immer ein paar Fische für die Gemeinschaftsküche mit nach Hause.

Nach drei Monaten war die kleine Blechdose mit Gold gefüllt. Die glänzenden Körner und Klümpchen mussten insgesamt mehr als zwei Kilo wiegen. Zwei Kilo reines Gold! Dabei war es nicht viel mehr als ein Trinkglas voll. Doch Gold war schwer, fast zwanzigmal schwerer als Wasser – und das Gewicht zählte. Außerdem war dies ja erst das Angeld auf den eigentlichen Schatz! Es sollte ihm die Tür öffnen für den großen Fund seines Lebens.

Fabios geheime Fundstelle schien nun auch erschöpft zu sein. Aber das war nicht weiter schlimm, denn er wollte ohnehin zum Kahlen Berg, wo das eigentliche Gold steckte, wo man nicht Körnchen sondern Klumpen fand. Kiloschwere *pepitas*. Am Kahlen Berg wollte er sich mit dem Inhalt seiner Blechdose einkaufen, Schürfrechte für ein paar Quadratmeter der Goldgrube erwerben – und dann den Fund seines Lebens tun.

Fabio nahm einen zweiten Malariaanfall zum Vorwand, seine Arbeitsstelle zu kündigen. Mehr als eine Woche lang hatte er in der Baracke, in einer Hängematte liegend, dumpf vor sich hin gebrütet; unfähig, auch nur die geringste Anstrengung auf sich zu nehmen. Der Trupp befand sich ohnehin in Auflösung, da die bisherigen Funde kaum die Spesen der Schürfarbeit gedeckt hatten. In den vergangenen Tagen waren bereits einige Kameraden aufgebrochen und hatten sich zum Kahlen Berg auf den Weg gemacht, alle auf der Suche nach dem großen Glück.

Noch geschwächt vom hohen Fieber und den bitteren Medikamenten, die unter den Goldsuchern zum täglichen Brot gehörten, begab sich Fabio eines Morgens an seine geheime Schürfstelle, wo er seinen Schatz verborgen hatte. Als er die Stelle erreichte, wusste er gleich auf den ersten Blick: Er war bestohlen worden! Die Steine, mit denen er sein Versteck getarnt hatte, lagen verstreut. An der Stelle, wo er sein Gold vergraben hatte, klaffte jetzt ein Loch.

Irgendjemand hatte ihn bei seiner Arbeit beobachtet! Oder hatte er das Versteck rein zufällig entdeckt? Nein, er musste zugesehen haben, wie er, Fabio, seinen Fund vergraben hatte. Während er selbst krank in der Baracke lag, hatte der Dieb offenbar die Dose freigescharrt und war mit dem mühsam zusammengeklaubten Gold verschwunden.

Fabio verlebte einige schlimme Stunden an jenem steinigen Flussufer. Wer hatte seinen Traum zerstört? Heißer Zorn durchglühte sein vom Fieber noch erhitztes Hirn. Wer konnte es gewesen sein? In Gedanken nahm er sich jeden Einzelnen der etwa dreißig Männer vor, mit denen er seit gut drei Monaten täglich zusammen gewesen war. Einigen von ihnen traute er die gemeine Tat schon zu. Wenn er herausbekam, wer diese Schurkerei begangen hatte! Wenn er den Burschen unter seine Fäuste bekam!

Doch er hatte keine Zeugen, und er durfte wegen der Sache nicht einmal groß den Mund aufmachen, da er in den Verdacht kommen konnte, seinerseits den Inhalt der Dose für sich auf die Seite gebracht zu haben. Wie kam ein angeheuerter Schürfer auf ehrliche Weise zu einer Dose voller Goldkörner?

Es war Lehrgeld, das er zahlte, nichts als Lehrgeld. Immer wieder sagte er das Wort vor sich hin. Die Lehrzeit mochte weitergehen, doch das Ziel lag unverrückt vor seinem inneren Auge.

Nach Ablauf der vereinbarten Frist packte Fabio seine Sachen, ließ sich seinen Verdienst in Goldkörnern abwiegen und machte sich auf den Weg zum Kahlen Berg.

Drei Tage marschierte er, ohne sich eine Pause zu gönnen, dann endlich gelangte er in das Vorfeld der Goldmine. Die Buschsteppe war zunehmend mit Buden und Abraumhalden bedeckt. Überall waren Rinnsale und Bäche zu Tümpeln gestaut, in denen die kleinsten Goldpartikel, die den Augen der

Gräber entgangen waren, aus dem steinigen Kies gewaschen wurden, den geheuerte Träger ununterbrochen aus dem riesigen Loch herausschleppten.

Als Fabio sich der Grube näherte, wurde er von einem bewaffneten Posten angesprochen. Der Kahle Berg war bekannt für die strengen Gesetze, die sich die Goldgräber selbst gegeben hatten. Der Ordnungshüter war jedoch ein umgänglicher Mann, der ihm bereitwillig Auskunft gab.

Ja, ein ehemaliger Offizier war zum Leiter des Projekts gewählt worden, und der hielt eiserne Zucht. Wer bei der geringsten Schurkerei ertappt wurde, wer alkoholische Getränke einschmuggelte oder wer Streit mit einem Kameraden vom Zaun brach, wurde gnadenlos von der Arbeitsstelle gewiesen. Mit geschorenem Schopf musste er irgendwo warten, bis ihm das Haar wieder gewachsen war, bevor er die Chance bekam, wieder aufgenommen zu werden.

Gepanzerte Geldwagen der zentralen Landesbank kamen seit kurzem täglich über die Erdstraße bis zu der großen Verwaltungsbaracke gefahren. Die Glücklichen, die fündig geworden waren, konnten dort ihr Gold zu einem annehmbaren Kurs eintauschen. Ein Bankkonto war eben doch sicherer als in Notunterkünften gehortete Goldkörner, oder gar als eine kokosnussgroße *pepita* von 25 Kilo, wie sie vor Tagen ein Glückspilz gefunden hatte.

Der Gesetzeshüter klärte Fabio über die Bedingungen auf, unter denen er arbeiten könne. Er riet ihm, falls er kein Kapital besitze, solle er am besten als Träger anfangen. Er könne sich mit einem der Männer, die Schürfrechte erworben hätten, zusammentun und alles weitere mit diesem klären. Der Bewaffnete händigte Fabio ein Kärtchen aus, das ihn zum Verbleib im Bereich der Grube ermächtigte. Sobald er eine geregelte Arbeit gefunden hätte, solle er sich in der Verwaltungsbaracke melden.

Bevor Fabio sich um eine Unterkunft bemühte, kroch er an einer von Abraum freien Stelle auf Händen und Füßen bis an den Rand der Grube. Als er in den Abgrund blickte, der sich vor ihm auftat, blieb er erst einmal wie betäubt liegen. Was er dort sah, übertraf seine fantastischsten Vorstellungen. In dem gigantischen, gut siebzig Meter tiefen und mehr als einen Kilometer breiten Loch gruben Tausende von Menschen mit Brechstangen, Spitzhacken und Schaufeln, durchsuchten den steinigen Kies nach Goldklumpen und füllten ihn dann in Säcke, die von Trägern nach oben befördert wurden.

Fabio wusste Bescheid: Jeder durfte nur auf seiner Konzession von 6 bis 8 Quadratmetern graben, und er war verantwortlich dafür, dass er mit seinen Nachbarn Schritt hielt. Jeder hatte senkrecht in die Tiefe zu graben. Im Zweifelsfall sorgten die Anrainer dafür, dass man die Lotrichtung einhielt.

Überall am Rand der Grube waren Stufen ausgehauen, oder man hatte behelfsmäßige Leitern an die steilen Wände gestellt. Auf den einen schleppten die Träger in ununterbrochener Reihe ihre schweren Säcke aus der Grube heraus. Auf den anderen kehrten sie mit den geleerten Säcken zu ihrer Grabstelle zurück.

Fabio fühlte sich unwillkürlich an einen gigantischen Ameisenhaufen erinnert. In der Tat – wie die Ameisen schleppten hier Tausende von Trägern ihre Lasten die Leitern hinauf. Die gedämpften Geräusche, die aus der Tiefe zu ihm heraufdrangen, erinnerten ihn ebenfalls an eine Kolonie von Blattschneiderameisen, die sich durch das Laubwerk fraßen. Mehr als zehntausend Menschen, so hatte ihm der Wachtposten erklärt, arbeiteten zur Zeit in dieser Grube. Nein, so etwas hatte die Welt noch nicht gesehen!

Fabio traf bald auf einige Kameraden, mit denen er einige Monate lang an jenen malariaverseuchten Flussufern geschürft hatte und die ihren Arbeitsplatz schon vor ihm verlassen hatten. Einem von ihnen war es bereits gelungen, einen Schürfplatz in der Grube zu erwerben. Ein gutes Kilo Gold hatte Severino seinem Vorgänger für die paar Quadratmeter als Ablösung zahlen müssen. Er bot Fabio an, für ihn als Träger zu arbeiten.

Severino, ein braunes, mageres Kerlchen aus dem Norden, zäh und fleißig wie die meisten seiner Landsleute. Fabio war nie recht klug aus dem schweigsamen Burschen geworden. Nun sollte er unter seiner Regie arbeiten. Nun, weshalb eigentlich nicht? Bis er etwas Besseres fand, musste es wohl so sein.

Fabio wurde mit Severino einig. Er würde mit ihm zusammen in seinem Barackenquartier wohnen. Am Abend würden sie den angehäuften Abraum des Tages gemeinsam waschen und den Ertrag in der ortsüblichen Weise teilen.

Nun war er selbst eine der zehntausend Ameisen, die sich in dem riesigen Loch abrackerten. Tag für Tag schleppte Fabio von morgens bis abends seine mit Kies und Steinbrocken gefüllten Säcke über den Grubenboden und dann die Leitern hoch bis zur Waschstelle. Er war schwere Arbeit gewöhnt, aber die Fieberanfälle hatten ihn geschwächt, und die feuchte Hitze tat ein Übriges, so dass er sich gehörig quälen musste.

Zudem war der Ertrag bisher äußerst gering ausgefallen. Es gab in der heißen Grube ergiebige und unergiebige Stellen. Der Mann, der Severino die Konzession verkauft hatte, wusste bestimmt, weshalb er die Stelle aufgegeben hatte!

Regelmäßig machten Nachrichten die Runde, die allen wieder neuen Auftrieb gaben: Da hatte einer unverhofft einen kiloschweren Goldklumpen auf der Schippe gehabt, als er seine bisher unergiebige Grabstelle schon aufgeben wollte. Drei benachbarte Schürfer waren auf ein Goldnest gestoßen, gefüllt mit erdnussgroßen Klümpchen. Sie waren auf einen Schlag reich geworden. Jetzt konnten sie sich weitere Konzessionen kaufen und andere für sich arbeiten lassen. Das große Los konnte also jedem zufallen. Die irrsinnige Wühlerei ging weiter.

In nachdenklichen Stunden fragte Fabio sich manchmal, ob diese Plackerei noch etwas mit seiner Gabe, Dinge zu finden, zu tun hatte. Hier war es ihm ja gar nicht möglich, seiner inneren Kompassnadel zu folgen. Er war mit seinem Kollegen auf ein winziges Stückchen der Grube festgelegt, hatte nur Teil an den kümmerlichen Körnchen, die sie aus dem Kies herausklaubten oder herauswuschen, Körnchen, die den Blicken seines Kumpans bei der Grabarbeit entgangen waren.

War es nicht ein Bild für die Routine, der die Menschen überall auf der Welt unterworfen waren? Graben, wühlen, schleppen – und am Abend jedes Mal die Enttäuschung über den geringen Ertrag der Plackerei. Auch hier gab es gute und schlechte Grabstellen. Das große Loch war nichts als ein Abbild der Welt. Und die Welt ging nicht fair mit ihren Kindern um, das sah ja ein Blinder!

Eines Abends entdeckte Fabio die Dose. Er hatte im Halbdunkel auf der Suche nach sauberer Wäsche das verkehrte Kleiderbündel in die Hände bekommen. Plötzlich sah er zwischen den Wäschestücken den gelben Dosendeckel. Da war kein Zweifel möglich. Es war die Teedose, die er, mit Goldkörnern gefüllt, am Flussufer unter dem großen Stein verborgen hatte. Und das Schlimme: die Dose war so gut wie leer. Nur ein paar wenige Klümpchen lagen da noch in der Dose.

Auf einmal war ihm alles sonnenklar. Severino war ihm offenbar eines Tages nachgeschlichen und hatte ihn bei seiner Arbeit beobachtet. An ihn hatte er am allerwenigsten gedacht. Und der Schurke hatte die Dreistigkeit besessen, ihn auch noch als Träger anzuheuern! In niederträchtiger Weise hatte er ihn um den Ertrag seiner Arbeit gebracht, hatte ihn so lange im Flusssand rackern lassen, bis er wieder einen Malariaanfall bekam. Da fühlte er sich sicher und nahm die Beute an sich.

Fabio schwieg erst einmal über seine Entdeckung und versuchte sich nichts von dem Zorn anmerken zu lassen, der in seinem Innern kochte. Erst als sie zur Schlafenszeit eine Weile in ihren Hängematten gelegen hatten, fragte er unvermittelt: „Was hast du eigentlich mit dem übrigen Gold aus der Dose gemacht, die du mir gestohlen hast?“

Severino erwiderte kein Wort. Sie schwiegen sich lange an. Es war ein böses, unheilvolles Schweigen. Jeden Augenblick konnte sich in dem finsteren, stickig heißen Raum einer auf den andern stürzen. Ein Messer konnte aus der Dunkelheit zustoßen, eine Spitzhacke auf eine Hängematte niedersausen. Jeder von ihnen hätte Grund genug gehabt, den anderen zu töten.

Das Gesetz des Goldes besaß seine eigene Logik. Beide Männer spürten es mit der letzten Faser ihres Herzens, dass es ein gnadenloses Gesetz war und dass sie diesem Gesetz mit Leib und Seele verfallen waren.

Mitten in das böse Schweigen hinein wiederholte Fabio seine Frage: „Was hast du mit dem Rest des Goldes gemacht, das du mir gestohlen hast? Für die sechs Quadratmeter in der Grube hast du weniger als die Hälfte gebraucht. Sprich, wo hast du den Rest?"

„Versoffen, verspielt und verhurt habe ich ihn." Severino sprach so ruhig, als sei es die natürlichste Sache der Welt, was er da bekannte.

„In dem Nest jenseits des Flusses, wo sie darauf studiert haben, einem das Geld aus der Tasche zu ziehen. Ich rate dir, zeig mich nicht an, Fabio. Es wäre nicht gut für mich und auch nicht gut für dich. Wenn ich meinen großen Fund mache, gebe ich dir dein Gold zurück. Das wollte ich von Anfang an, du kannst es mir glauben."

„Wenn du deinen großen Fund machst! So billig kommst du mir nicht weg", sagte Fabio, kaum fähig, seine Erregung zu zähmen. „Während ich mich im Fieber auf meiner Pritsche wälzte, hast du mich auf gemeine Weise bestohlen. Und mach mir nicht vor, dass du hier beim Graben noch nichts gefunden hast. Du gibst mir meine Dose gefüllt mit Gold zurück, oder ich zeige dich an. Du kannst es dir heute Nacht überlegen."

Stundenlang lag Fabio wach, unfähig, einen vernünftigen Gedanken zu denken. Die dumpfe Wut, die ihn erfasst hatte, ließ keinen Raum für weitere Regungen. Gegen Morgen fiel er in einen unruhigen, von Träumen durchjagten Schlaf.

Als er mit müden Gliedern erwachte, stand die Sonne schon hoch am Himmel. Er hätte es wissen können: Severino hatte sich aus dem Staub gemacht. Seine Hängematte, sein Kleiderbündel und die leichteren Werkzeuge waren verschwunden.

Fabio begab sich an den gewohnten Arbeitsplatz und stellte grimmig fest, dass ein Fremder an der Stelle arbeitete. Auf seine erstaunte Frage teilte ihm der Mann mit, er habe am frühen Morgen die Konzession von Severino übernommen. Severino habe plötzlich das große Heimweh gekriegt, wie es hier manchmal die Männer überfiel, und sei Hals über Kopf abgereist. Der Mann erzählte, er habe ihn in aller Herrgottsfrühe aus dem Schlaf geholt und ihm seine Konzession verkauft. Er selbst habe sich in aller Eile das halbe Kilo Gold zusammengeborgt, das er ihm zahlen musste ... Hier, Fabio könne es sehen, das war Severinos Unterschrift, im Verwaltungsbüro von zwei Zeugen beglaubigt.

Im Übrigen, er habe schon einen Kumpan gefunden, aber er kenne jemanden, der einen Träger suche.

Fabio ging voll brennenden Zorns in seinen Verschlag zurück und brütete lange tatenlos vor sich hin. Dann packte er seine Sachen zusammen, meldete sich in der Verwaltungsbaracke ab und machte sich auf den Weg nach Süden. Den gleichen Weg, den er vor zwei Monaten in umgekehrter Richtung getrampt war und den auch Severino eingeschlagen haben musste. Er würde den Burschen finden, da konnte er Gift darauf nehmen!

Am dritten Tag gelangte Fabio an die Stelle, an der er monatelang mit seinem Trupp Gold gesucht hatte. Ein paar Unentwegte hatten durchgehalten und inzwischen die Flussufer mit einem Netz von Schächten und Gräben durchzogen. Nein, Severino sei hier nicht aufgetaucht. Er würde sich bestimmt gemeldet haben, wenn er vorbeigekommen wäre.

Fabio schulterte sein Gepäck und trampte weiter. Vielleicht hatte der Bursche noch andere Gründe, sich nicht blicken zu lassen. Irgendwo würde er ihm schon begegnen, und dann kam die Stunde der Abrechnung!

Er war noch keine halbe Stunde weit gegangen, als es ihn mit einem Mal packte. Er musste einfach stehen bleiben. Deutlich sah er die Stelle vor sich, an der er damals sein Gold versteckt hatte – und er verspürte den unwiderstehlichen Drang, an seine ehemalige Schürfstelle zurückzukehren.

So eindeutig und so gebieterisch hatte sich seine innere Stimme noch nie gemeldet. War es das, worauf er sein ganzes Leben gewartet hatte? Es musste der große Schatz sein, der Schatz seiner Träume. Wenn es so war, dann hatte die ganze Plackerei einen Sinn gehabt!

Plötzlich wusste Fabio, wo er zu suchen hatte: unter dem großen Felsblock, den er damals vergeblich wegzuwälzen versucht hatte. Er würde mit einer Stange den Block zur Seite wuchten. Dort war die tiefste Stelle des Goldnestes, das er entdeckt hatte. Dass er nicht gleich darauf gekommen war!

Eine glühende Freude loderte in ihm, während er zielstrebig durch dichtes Gestrüpp auf seine alte Fundstelle zusteuerte. Mit traumwandlerischer Sicherheit arbeitete er sich durch das Unterholz. Nach einer Stunde gelangte er an den Fluss. Nun schritt er auf seinem vertrauten Pfad am Ufer entlang, und bald lag die Stelle vor ihm, an der er seinen Goldfund gemacht hatte, bevor er auf so niederträchtige Weise bestohlen worden war.

Plötzlich sah er auf dem Felsblock im Fluss einen Hut liegen. Es war ein großer, breitkrempiger Strohhut mit zerfetztem Rand. Er kannte diesen Hut. Nur einer der Männer hatte einen solchen Hut getragen. Und dann kam er nahe genug, um es deutlich zu sehen. Neben dem Hut lag ein Mann. Ein schmächtiger Mann, der sich nicht bewegte. Bis zu den Hüften lag er im Wasser, die Arme um den Felsblock geklammert.

Fabio begriff, was geschehen war. Severino hatte anscheinend den gleichen Gedanken gehabt wie er. Er war heimlich an die alte Fundstelle zurückgekehrt, hatte versucht, mit einer Stange den Felsblock zur Seite zu wälzen – und dabei war sein linker Fuß unter den zentnerschweren Block geraten. Die Hebelstange war ihm aus den Händen gefallen. Sie lag einige Handbreit außerhalb der Reichweite seiner Finger. Er saß fest wie ein Tier im Fangeisen. Wie lange schon?

Fabio wartete instinktiv darauf, dass seine angestaute Wut zur Entladung kam. In einer solchen Situation hatte der Verstand nichts mehr zu sagen ... Da war nur noch der dumpfe Instinkt im Bauch. Jetzt ging alles den Gang, den es gehen musste, so wie es im Geben und Nehmen zwischen den Menschen von Urzeiten her gewesen war. Das Gesetz musste erfüllt werden ...

Aber staunend wurde er sich bewusst, dass gar kein Zorn mehr in ihm war. Auch keine Gier war mehr da; keine Goldgier, die vorher sein ganzes Sinnen und Trachten beherrscht hatte. Stattdessen war da etwas Neues, unsagbar Gutes über ihn gekommen. Als hätte jemand einen Dämon aus ihm vertrieben ... Er spürte, wie ein heißes Gefühl des Mitleids in ihm aufstieg, ein Erbarmen, das jede andere Regung erstickte. O Gott, gib, dass ich ihm helfen kann!

Schon war er neben dem Unglücklichen niedergekniet und schob ihm die Hände unter den Kopf. Severino sah wirren Blicks zu ihm auf. Es dauerte eine Weile, bis er Fabio erkannte. Dann sagte er mit kaum vernehmbarer Stimme: „Gott ist gerecht. Mach es kurz, Kumpel!“

Fabio bettete Severinos Kopf behutsam auf den Strohhut und griff nach der Stange. Unter Aufbietung aller seiner Kräfte gelang es ihm nach einigen fruchtlosen Versuchen, den Block einige Zentimeter anzuheben. Severino schaute mit weit geöffneten Augen zu, ohne ein Glied zu regen.

„Zieh mit aller Kraft, auch wenn es wehtut!“, rief Fabio dem vor Schmerzen fast Wahnsinnigen zu. Ein fast tierischer Schrei entrang sich dem Verletzten, dann hatte er den Fuß frei. Er war nicht mehr kräftig genug, sich aufzurichten. Fabio musste ihn wie ein Kind auf den Armen ans Ufer tragen.

Später erzählte Severino, dass er anderthalb Tage und eine Nacht um sein Leben gekämpft habe, nachdem er mit dem Fuß in die teuflische Falle geraten sei. Ein paar Stunden vor der Ankunft Fabios habe er den Kampf schließlich aufgegeben.

Die beiden Männer verbrachten drei Wochen miteinander an dem einsamen Flussufer. Fabio versorgte den verletzten Fuß, dann baute er eine Hütte aus Ästen und Palmenblättern. Sie lebten von ihren mitgenommenen Vorräten und Fischen, die sie im Fluss angelten. Falls es wirklich Gold unter dem großen Felsblock gab, so kümmerte es sie zurzeit nicht.

Was sie miteinander sprachen, hat kein Mensch gehört. Es ging dabei um Gottes Gerechtigkeit und um vieles, von dem Fabio in seiner Kindheit mehr gewusst hatte als in seinem späteren Leben: um den Wert des Menschen vor Gott, um die Versöhnung des schuldig gewordenen Menschen, um den neuen Anfang, den Gott seinen Kindern in seiner Barmherzigkeit schenkt. Und es ging um jenen Schatz, den ein Mensch fand, der dann alles verkaufte, um in den Besitz des Schatzes zu kommen.

Als Severino seinen Fuß wieder notdürftig gebrauchen konnte, kämpften sich die zwei Männer durch den Wald bis zur Fahrstraße und trampten dann ein Stück weit nach Süden. Beide hatten ihr Glück weder am Kahlen Berg noch an den Ufern und Sandbänken ihres Flüsschens gefunden. Fabio überließ Severino das halbe Kilo Gold, das dieser ihm fast gewaltsam aufzudrängen versuchte. Der Mann hatte eine Familie zu versorgen. Er durfte nicht mit leeren Händen zurückkommen.

Als ihre Wege sich trennten, sahen sie nicht aus wie enttäuschte Schatzsucher. So gingen Menschen auseinander, die einen guten Weg gingen und dieses Weges froh waren.

Als Fabio einen Monat später wieder in seinem Elternhaus ankam, besaß er nicht viel mehr an materieller Habe als an dem Tage, an dem er sich auf die Suche nach dem großen Schatz gemacht hatte. Seine Eltern und Geschwister hatten es geahnt, wie sie sagten, und waren nun froh, dass er zurückgekehrt war.

Aber Fabio kehrte nicht wieder zu seinem früheren Leben zurück. In einem langen Gespräch mit seinem alten Lehrer bekam er letzte Klarheit über seinen Weg. Er wollte weiter auf Schatzsuche gehen, wollte Menschen suchen. Menschen, die keinen Menschen hatten. Was bedeutete alles Gold der Erde angesichts eines einzigen Menschen? Gold konnte sich weder fürchten noch freuen, weder lachen noch weinen. Fabio wollte Menschen suchen, die das Lachen verlernt hatten, die wie Severino in einer teuflischen Falle saßen, in die sie durch eigene oder fremde Schuld geraten waren.

Er wusste es noch nicht genau, welcher Art der Dienst sein würde, auf den er sich vorbereiten wollte. Vielleicht konnte er Missionar oder Sozialhelfer werden, am liebsten beides zugleich. Er wusste nur, dass er Menschen suchen wollte – im Auftrag dessen, dem auch die Verachtetsten und Verkommensten unter den Menschenkindern mehr wert waren als alle Schätze der Erde.

Ein Engel sabotiert ein System

In einer großen Stadt, die in einem Land liegt, in dem Reichtum und Armut hart aufeinander stoßen, lebte ein Mann, dem es gelungen war, die Armutsgrenze zu überschreiten und selbst reich zu werden. Als kleiner Buchhalter hatte er angefangen, und durch kluge Beratung von Firmen sowie durch Verwaltung des Vermögens wohlhabender Leute war er innerhalb weniger Jahre selber ein vermögender Mann geworden.

Herr Fontoura hatte seine Dienstleistungsfirma nach modernsten Grundsätzen aufgebaut. In drei Sälen saßen seine Funktionäre vor ihren Rechnern, in denen alle Informationen, die sie benötigten, gespeichert waren. Die Archive und Karteien der Anfangszeit hatten digitalen Systemen weichen müssen. Formulare, Stempelkissen und anderer Bürokram – in der Firma Fontoura gab es so etwas längst nicht mehr. Selbst Papier wurde nur noch in Ausnahmefällen gebraucht.

Herr Fontoura hatte schon frühzeitig die Bedeutung des Computers erkannt. Mit Hilfe von Spitzenkräften aus der Branche hatte er ein raffiniertes System entwickelt, das ihm jederzeit Einsicht in die Arbeit jedes einzelnen Angestellten ermöglichte. In dem geräumigen, funktionell gestalteten Chefzimmer befanden sich drei große Monitore, auf die interne Fernsehsender ununterbrochen Bilder aus den drei Werksälen projizierten, so dass er seine Leute ständig im Blick hatte. Zudem war jeder Einzelrechner mit dem zentralen Rechner des Chefs verbunden.

Alle Programme und Geräte waren auf dem neuesten Stand, denn Herr Fontoura legte Wert darauf, dass seine Leute nicht hinter der technischen Entwicklung zurückblieben. Sie wurden ständig in Spezialkursen getrimmt, damit sie den Anschluss nicht verpassten.

Herr Fontoura war also in der Lage, seine Funktionäre ständig zu überwachen, ohne sich von seinem Sessel erheben zu müssen. Jederzeit war es ihm möglich, die Worte oder die Zahlen, die ein Angestellter gerade in seinen Rechner eingab, auf seinem zentralen Kontrollschirm erscheinen zu lassen. Ja er konnte sogar die Dateien der einzelnen Rechner abrufen, ohne dass der jeweilige Funktionär es bemerkte. Wollte er mit dem Mann oder der Frau direkt oder über den Bildschirm reden, so betätigte er eine bestimmte Tastenkombination – und schon blitzte auf dem entsprechenden Bildschirm in großen Lettern das Wort CHEF auf. Das war das Zeichen, dass der Firmeninhaber Rechenschaft forderte.

Die meisten fürchteten die vier Buchstaben fast wie einen körperlichen Schmerz. Doch Herr Fontoura war stolz auf sein „System", wie er seinen raffinierten Überwachungsapparat unter Seinesgleichen nannte. Es war sein Gedanke gewesen, auf die beschriebene Weise die Kontrolle über seine Angestellten total und lückenlos zu gestalten. Wozu sonst sollte die Informatik gut sein? Etwa nur, um Informationen zu speichern und zu verarbeiten? Nein – Kontrolle war das Herz der Informatik, so wie er sie verstand. Keine Frage – darin war sein System Spitze! Und der Erfolg des Unternehmens gab ihm Recht.

Herr Fontoura saß den größten Teil des Tages vor seinem Computer, dirigierte und kontrollierte, lobte und tadelte von Bildschirm zu Bildschirm, weckte Erwartungen und machte versteckte oder auch deutliche Drohungen – je nachdem, wie es ihm angemessen erschien. Er spielte auf dem Instrument seines Systems wie ein Virtuose auf einem Musikinstrument. Seine Funktionäre funktionierten, wenn er die Register zog – oder sie hatten bei ihm keine Chance.

So lebten die Angestellten der Firma Fontoura unter ständigem Druck. Sie wussten nie, ob sie in diesem Augenblick gerade vom Chef kontrolliert wurden oder nicht. In den drei Sälen herrschte meist lautlose Stille. Es war keine gute, wohltuende Stille. Es war eine Stille, die mit heimlicher Angst geladen war: Angst um den Arbeitsplatz. Angst, wegen eines Fehlers heruntergemacht zu werden. Etliche Angestellte litten an Schlaflo-

sigkeit, andere hatten Magengeschwüre bekommen. Ein hoher Preis, den sie für ihre guten Löhne zahlen mussten.
Eines Morgens leuchtete auf Sandras Bildschirm das gefürchtete Wort CHEF auf. Sandra war eine junge Frau, die seit einem Jahr in der Firma arbeitete. Sie war sich keines Fehlers bewusst, doch ihr Herz begann umgehend schneller zu schlagen. Hastig drückte sie auf die gewohnten Tasten, und schon erschien auf ihrem Bildschirm die Frage: „Was hat der fromme Spruch auf Ihrem Schirm zu bedeuten?“

Sandra schaltete sofort. Sie hatte ihrem Rechner den Anfang des 23. Psalms eingegeben: „Der Herr ist mein Hirte, mir wird nichts mangeln.“ Sie wollte sich damit von dem beklemmenden Gefühl befreien, unter ständiger Kontrolle zu stehen. Immer wenn sie eine Tastenkombination betätigte, erschien der Satz für einige Sekunden auf dem Monitor, um dann wieder zu verschwinden.

„Der Herr ist mein Hirte, mir wird nichts mangeln.“

Das war es also!

Sandra schrieb eine höfliche Antwort, machte deutlich, dass der Gedanke an Gottes gütige Gegenwart ihr innere Ruhe gab und sie durch die kleine Sonderprogrammierung keine Zeit verschwendete.

Doch Herr Fontoura reagierte mit ungewohnter Schärfe. Wenn er sein System gefährdet sah, gab es bei ihm keine Kompromisse. So verbot er dem jungen Mädchen strengstens, seine Zeit mit derlei Unfug zu vergeuden. Als Sandra noch einen Einwand wagte, bestellte er sie umgehend ins Chefbüro.

Sandra erhob sich erschrocken und ging langsamen Schrittes in Richtung des Chefzimmers. Zaghaft klopfte sie an die Tür und stand dann etwas hilflos vor dem Gewaltigen, dem gefürchteten Herrn des Systems.

Herr Fontoura sah sie eine Weile schweigend an und sagte dann – sichtlich bemüht, seiner Stimme einen gönnerhaften Ton zu geben: „Sandra, ich habe nichts gegen Ihre philosophischen oder religiösen Ansichten. Was in Ihrem Kopf vor sich geht, das ist Ihre Sache; es ist ja auch meiner Kontrolle entzogen. Was jedoch in meine Computer eingegeben wird, das bestimme ich. Haben Sie mich verstanden?"

Sandra nickte demütig. Sie würde sich wohl fügen müssen.

Doch Herr Fontoura gedachte den heimlichen Widerstand, den er bei dem Mädchen witterte, gründlich auszuräumen. Und so sagte er mit einer Stimme, die halb ironisch, halb arrogant klang: „Außerdem stimmt Ihr Spruch bei mir in der Firma nicht. Hier ist nicht ‚der Herr' Ihr Hirte ... *ich* bin Ihr Brotherr – und wenn ich es nicht mehr bin, dann mangelt Ihnen alles. Die Stadt ist voll von arbeitslosen jungen Leuten, das wissen Sie so gut wie ich."

Sandra wusste später nicht mehr, woher sie den Mut zu ihren Worten genommen hatte. Sie antwortete, ohne auch nur einen Augenblick zu zögern: „Herr Fontoura, Sie irren sich. Auch wenn Sie nicht mehr mein Brotherr sind, wird der Herr weiterhin mein Hirte sein. Und mir wird auch dann nichts mangeln."

Herr Fontoura blieb einen Augenblick lang sprachlos sitzen. Es war ihm nicht entgangen, dass diese kleine Angestellte, während sie ihre ganz und gar nicht unterwürfigen Worte gesprochen hatte, in ihrer Erregung richtig schön ausgesehen hatte. Sie war jemand, das musste er zugeben. Und tüchtig war sie obendrein, daran bestand kein Zweifel.

Aber dann gewann in ihm die gewohnte kalte Berechnung die Oberhand. Hier wagte ein Mensch, seinem System in seinem innersten Wesen zu widerstehen. Das würde sich herumsprechen, die aufsässige Haltung würde Schule machen ... Hier durfte es keine halben Entscheidungen geben. Er musste ein Exempel statuieren!

Herr Fontoura sah das junge Mädchen mit durchdringendem Blick an. „Sie sind in diesem Augenblick entlassen", sagte er mit eisiger Stimme. „Ich dulde hier keine Frechheiten. Bringen Sie Ihren Rechner in Ordnung, vor allem löschen Sie den Spruch, und dann holen Sie sich Ihren Lohn im Büro. Eventuelle arbeitsrechtliche Forderungen können Sie über den Firmenanwalt stellen."

Als Sandra den Raum verließ, hatte sie das Gefühl, als wandle sie im Traum. Aber es war kein böser Traum. Sie fühlte sich wie getragen. Da war eine Leichtigkeit in ihren Gliedern, wie sie es lange nicht mehr gespürt hatte.

Sie ging auf ihren Rechner zu, um den beanstandeten Spruch zu löschen. Dabei jubelte es in ihr: „Der Herr ist mein Hirte, mir wird nichts mangeln!"

Als sie die Tastatur betätigte, verhaspelte sie sich in den Kommandos; ihre Finger schienen die Tasten ganz unabhängig von ihrem Willen zu berühren. Das Psalmwort und andere Texte verschwanden und erschienen aufs Neue. Noch einmal drückte sie eine Tastenkombination, korrigierte, wiederholte die Eingabe.

Später konnte sie nicht mehr sagen, welche Kommandos sie eingegeben hatte. Ihre Finger schienen sich selbstständig gemacht zu haben. Zwanzig oder dreißig Sekunden lang fühlte sie sich wie in eine andere Wirklichkeit versetzt, in einen weiten, lichten Raum – dem System entronnen, wie der Vogel dem Netz des Jägers.

Endlich hatte sie den Spruch zum Verschwinden gebracht. Sie sicherte die Korrektur, nahm ihre Handtasche, verabschiedete sich mit ein paar Worten von den verlegen dreinblickenden Arbeitskollegen und ging dann ins Personalbüro, um sich den ihr zustehenden Lohn abzuholen. Dort war schon alles vorbereitet. Sie erhielt auf den *centavo* genau, was ihr zustand, auch die Entschädigung, auf die sie nach einer fristlosen Kündigung Anspruch hatte. Das System hatte wieder reibungslos funktioniert.

Sandra ging ihres Weges, und es mangelte ihr nichts. Am Abend dieses Tages sprach sie sich das Psalmwort immer wieder neu vor, von innerer Freude und Dank bewegt. Eine Freundin hatte ihr noch am gleichen Tag eine neue Arbeitsstelle in dem Betrieb, wo sie selbst arbeitete, vermittelt. Schon in der kommenden Woche sollte sie bei der neuen Firma anfangen. Dort würde sie zwar nicht ganz so viel verdienen wie bisher, aber dafür war das Arbeitsklima besser, wie ihre Freundin bestätigte. Sandra war mit ihrem himmlischen „Brotherrn“ zufrieden.

Dann, zwei Tage nach ihrer Entlassung, wurde sie ganz unvermittelt zu einem Verhör ins zentrale Polizeipräsidium geladen. Zuerst bekam sie einen gehörigen Schrecken, aber dann beruhigte sie sich und stellte auch diese Angelegenheit unter die Regie ihres guten Hirten.

Als Sandra den Raum betrat, in dem das Verhör stattfinden sollte, fand sie außer einem Polizeikommissar und seinem Assistenten noch zwei weitere Männer vor: Herrn Fontoura, ihren alten Chef, und Professor Fontes, den bekanntesten Informatikspezialisten der Stadt.

Der Kommissar eröffnete die Sitzung und forderte dann Herrn Fontoura auf, sein Anliegen vorzutragen. Dieser berichtete kurz und wahrheitsgemäß von den Vorgängen, die zu Sandras Entlassung geführt hatten. Seine Anklage bestand nun darin, dass er behauptete, Sandra müsse vor dem Verlassen ihres Arbeitsplatzes ihren Computer böswillig manipuliert haben. Offenbar habe sie in ihren Rechner – und damit „in das ganze System“ – ein Virus eingeschleust, das selbst die gewieftesten Computerexperten bisher nicht hätten beseitigen können. Das Virus bewirke, dass „in aleatorischen Zeitabständen“, wie Herr Fontoura mit besonderer Betonung bemerkte, der Satz aus der Bibel, der zur Entlassung des Mädchens geführt habe, auf allen Bildschirmen erscheine. Auch auf seinem eigenen zentralen Kontrollschirm tauche das Psalmwort „in den ungelegensten Momenten“ auf.

Sandra wurde nun durch den Fachmann verhört, wobei ihre einschlägigen Kenntnisse mit peinlicher Genauigkeit überprüft wurden. Sie sagte alles, was sie wusste, erwähnte dabei auch, dass sie beim Versuch, den beanstandeten Spruch zu löschen, sich völlig verhaspelt habe und nicht mehr sagen könne, welche Tasten sie gedrückt habe. Herr Fontoura stellte Zwischenfragen, und auch der Kommissar beteiligte sich aktiv an dem Verhör. Natürlich wusste Sandra, was ein Computervirus war, aber ansonsten beherrschte sie nur die Kenntnisse und Techniken, die sie zur Ausübung ihres Berufes brauchte.

Im Laufe des Gesprächs wurde zumindest deutlich, dass Sandra nicht dazu fähig war, ein ganzes Netzwerk mit einem raffinierten Virus zu infizieren, einem Virus, das sich offenbar in der innersten Kommandozentrale der Firma eingenistet und bisher allen Künsten der Fachleute getrotzt hatte.

Für Herrn Fontoura lief die ganze Angelegenheit auf eine unerhörte Demütigung hinaus. Natürlich wussten seine Angestellten Bescheid. Wahrscheinlich erzählten sie sich die Geschichte mit heimlicher Schadenfreude hinter vorgehaltener Hand! Das war doch Sabotage! Man musste den Schuldigen fassen, musste ihn zwingen, seine böse Tat rückgängig zu machen und dafür zu büßen! Ja, man musste ihn bestrafen, *exemplarisch* bestrafen!

Der Kommissar fasste in kurzen Worten den gesamten Vorgang zusammen und sagte dann in strengem Tonfall: „Sandra Tavares, Sie haben zugegeben, den beanstandeten Satz in Ihren Computer eingegeben zu haben. Es steht auch fest, dass Sie den Spruch nicht der Anweisung Ihres Chefs gemäß gelöscht haben. Nun sagen Sie uns bitte, wie Ihrer Meinung nach die Panne im System der Firma entstanden ist, die durch Sie – so viel steht fest! – ausgelöst wurde!“

Sandra schwieg eine Weile, unschlüssig darüber, was sie sagen sollte. Dann kam ihr plötzlich die Erleuchtung. Ihr Gesicht wurde wieder sehr schön, wie Herr Fontoura ein wenig irritiert feststellte.

„Es muss mein Engel gewesen sein, Herr Kommissar“, sagte sie. „Jetzt wird mir alles klar. Als ich zu meinem Rechner ging, um Herrn Fontouras Befehl auszuführen, war mir, als ob ich gar kein Gewicht mehr hätte. Ich weiß, dass meine Finger die

Tasten berührten, aber es war nicht wie sonst. Ich war völlig durcheinander. Es war, als ob sich meine Finger von selbst bewegten ... Ja, es muss mein Engel gewesen sein. Sagt nicht Jesus im Evangelium über die Kinder, dass ihre Engel allezeit das Angesicht ihres himmlischen Vaters sehen?"

„Ein Engel, der sich als Hacker betätigt!" Herrn Fontouras Miene sah finster aus. Ein wenig aus der Fassung geraten, wandte er sich an den Professor. „Gibt es da nicht eine plausiblere Erklärung?"

Professor Fontes erwiderte nachdenklich: „Ich habe die Wahrscheinlichkeit einer rein zufälligen Betätigung der Tasten durchgerechnet. Sie ist für alle praktischen Belange gleich Null. Der Sabotageversuch mit einem Virus der untersuchten Art erfordert entweder die Einspeisung eines Programms, das von langer Hand vorbereitet sein muss – oder die Benutzung von so vielen komplexen Tastenkombinationen, dass auch der gewiefteste Fachmann die Sache nicht aus dem Stegreif hingekriegt hätte ... Ich denke, dass der Engeltheorie eine größere Wahrscheinlichkeit zukommt als der Hypothese Zufall. Nun ja, Voraussetzung ist natürlich, dass Engel mehr von Computern verstehen als unsere Experten."

Eine Weile schauten alle ratlos vor sich hin. Dann sagte der Kommissar zu Sandra gewandt: „Wollen Sie noch etwas zu Protokoll geben?" Der biedere Beamte war ein wenig aus der Fassung geraten. Ein Engel als Hauptverdächtiger bei einer polizeilichen Vernehmung! Wer sollte schon einen Engel zum Verhör laden? Auf solch einen Fall hatte ihn bei seiner Ausbildung keiner vorbereitet!

Daraufhin hielt Sandra Tavares die längste Rede ihres Lebens – und auch dabei musste wieder einmal ein Engel Gottes seine Hand im Spiel gehabt haben ...

„Herr Kommissar", sagte sie, „ich habe nichts weiter zu Protokoll zu geben. Aber ich möchte meinem ehemaligen Chef einen Vorschlag machen. Weshalb lassen Sie den Spruch nicht stehen, Herr Fontoura? Er würde Ihre Firma von innen her verwandeln. Die vier Buchstaben CHEF auf den Bildschirmen würden dann keine Angst mehr verbreiten. Hinter ihnen stünde dann ein Mensch, der helfen will, ein Mensch, der unter Gott steht. Das Wort würde nicht mehr bedeuten: Ich weiß alles von dir, ich bin deinen Fehlern auf der Spur. Es würde signalisieren: Kann ich dir helfen? Wo kommst du nicht zurecht? Der Chef würde selbst ein wenig Hirtenart annehmen. Seine Funktionäre würden zu Mitarbeitern. Sie würden es Ihnen danken, Herr Fontoura ... Und Ihre Firma müsste durch die Umstellung nicht schlechter fahren. Sie hätten einen Engel als stillen Teilhaber, eben den, der den Spruch in Ihr System eingeschleust haben muss."

Sandra hielt erschöpft inne. Herr Fontoura blickte sie erstaunt an; Herr Fontes lächelte still vor sich hin. Der Kommissar und sein Assistent schauten verlegen in das offene Protokollbuch. Nein, dafür waren sie nun wirklich nicht ausgebildet worden. Erst der Engel, und nun die Kühnheit dieser jungen Frau dem gefürchteten Wirtschaftsboss gegenüber!

Niemand erhob Einspruch, als der Kommissar schließlich vorschlug, das Verfahren einzustellen, oder es jedenfalls auf einen unbestimmten Termin zu vertagen, in der Hoffnung, dass sich die Sache noch klären ließ.

Herr Fontoura ließ überraschend die Anklage fallen, und alle, die am Verhör beteiligt gewesen waren, gingen ihre Wege.

Ob der Engel nun tatsächlich als stiller Teilhaber in die Firma Fontoura eintrat oder nicht, wissen wir leider nicht zu sagen. Zur Zeit der Niederschrift dieser Zeilen waren die Dinge noch nicht entschieden.

Der alte Domführer

Seit mehr als vierzig Jahren veranstaltete der alte Sebastian nun schon seine täglichen Führungen durch den Dom. Seine Knie waren in den letzten Jahren steif, und seine Stimme war brüchig geworden. Wenn er Besuchergruppen durch das Gotteshaus führte, nahm er stets den gleichen Weg, machte Station vor den gleichen Altären, Kanzeln und Bildern.

Im Laufe der Jahre hatte Sebastian die Geschichte des Doms in bestimmte Sätze und Formulierungen gefasst, die er bei jeder Führung unverändert zu wiederholen pflegte. An jeder Station verweilte er eine genau bemessene Zeit und gab jeweils eine bestimmte Menge von Informationen und Erklärungen preis.

In den ersten Jahren seines Amtes hatte er noch freie Worte gefunden, wenn er etwa ein Kunstwerk beschrieb oder von einem berühmten Bischof sprach, der vor dem Hauptaltar Gottes Lob verkündigt hatte. Er hatte gelächelt und gezürnt, je nachdem, ob sich die Besucher dem Verständnis eines Kunstwerks öffneten oder verschlossen.

Nun war kein Lächeln und kein Zorn mehr in seinen Augen, und wer sich zum zweiten oder gar dritten Mal einer Führung anschloss, dem widerfuhr nichts Neues. Zwischenfragen überhörte der alte Sebastian geflissentlich, oder er gab kurz und trocken die gewünschte Auskunft, mit einem stummen Vorwurf in Stimme und Blick. Die Fremden mussten ja erst fragen lernen, indem sie dem Wissenden zuhörten ... und wenn sie richtig zugehört hatten, bestand eigentlich kein Anlass mehr, eine Frage zu stellen oder eigene Meinungen kundzutun.

Bei manch einer Führung fanden sich Menschen, die für sich in Winkeln und Kreuzgängen standen – vielleicht beteten sie, vielleicht wollten sie auch das Geheimnis des Doms in der Stille erfahren. Der alte Sebastian sprach jeden an und forderte ihn auf, sich der Führung anzuschließen. Manche legten ihm das als Geldgier aus, denn die Hüter des Doms erhoben ein Entgelt, das zur Teilnahme an den Führungen berechtigte und gleichzeitig zur Instandhaltung des ehrwürdigen Gebäudes bestimmt war.

Doch der alte Mann wollte nichts anderes, als dass alles seine Richtigkeit habe. Wie konnte jemand das Eigentliche des Doms begreifen, wenn er sich nicht den strengen Gegebenheiten seiner Geschichte stellte? Wenn er sich nicht willig hörend den steinernen Zeugen der Vergangenheit unterordnete? Kam nicht alles Unglück der Menschen daher, dass sie sich nicht mehr den strengen und heiligen Ordnungen unterwarfen, wie er es getan hatte?

Sechzehn Ecken hatte die Grundmauer des Doms. Auf acht Säulen ruhte die zentrale Kuppel. Die Höhe der Kuppel entsprach auf den Zentimeter genau dem Durchmesser des Kreises, in den das Sechzehneck des Fundaments eingeschrieben war. Alle Maße waren aufeinander abgestimmt – Kreuzgänge, Bogenfenster, Gewölbe und Chorraum waren nichts anderes als Stein gewordene Gedanken der Alten. Und er, der Domführer, war zum Hüter ihres Vermächtnisses und ihrer guten, heiligen Ordnungen berufen.

Sebastian verweilte mit besonderer Vorliebe an den Grabstätten der ehrwürdigen Väter: „Hier, in dieser Gruft, ruht der Bischof, der den Dombau begonnen hat. Neben ihm, unter nicht ganz so prächtigen Grabplatten, seine Nachfolger, unter denen das gewaltige Bauwerk vollendet worden ist. Und hier die Ruhestätte des großen Fürsten, der der Stadt Ruhm und Ansehen gebracht hat. In diese steinerne Tafel sind die Namen der Baumeister eingraviert, deren Gebeine nun unter den Gewölben ruhen ...

Dieser Kronleuchter ist ein Geschenk des Kaisers, der später auf einem Kreuzzug sein Leben verlor. Jene Kanzel ist die Dankesgabe eines Fürsten, der hier aus geweihter Hand die Königskrone empfing ... Und hier – in diesem verglasten Schrein – werden die heiligen Messbücher aufbewahrt, in denen die Gebete der heiligen Väter aufgezeichnet sind. Hier auf diesen Seiten ist in kunstvoll gemalten Lettern zu lesen: *Gloria in excelsis Deo et pax hominibus bonae voluntatis* – Ehre sei Gott in der Höhe und Frieden den Menschen, die guten Willens sind. *Sursum corda* – Erhebet eure Herzen. *Kyrie eleison* – Herr, erbarme dich. *Dominus vobiscum* – Der Herr sei mit euch. Diese Blätter hat der große Bischof mit seinen eigenen Händen berührt ... Lasst uns in Ehrfurcht vor den Überlieferungen vergangener Zeiten verweilen!"

Alles, was der alte Sebastian sagte, musste dem Dom zur Ehre gereichen. Nur mit innerer Überwindung sprach er deshalb von den Zerstörungen, dem Bombenhagel und den Feuersbrünsten, denen der Dom im letzten großen Krieg ausgesetzt gewesen war. Mit Genugtuung stellte er fest, dass die Schäden behoben worden waren, dass berühmte Architekten und Baumeister die ursprüngliche Konstruktion nach wohl verwahrten alten Plänen restauriert hatten.

Trotzdem war kein Anlass zur Sorglosigkeit. Industrieabgase fraßen seit Jahrzehnten wie ein Krebs an der Bausubstanz. Am besten würde man alle Kraftfahrzeuge aus der Innenstadt verbannen und auch für Schornsteine und Kamine eine Bannmeile um den Dom legen. Bevor dies aber möglich war, hieß es die Gelder für Künstler und Handwerker zu beschaffen, die damit beschäftigt waren, dem Verfall zu wehren.

Wie gut, dass die alten Pläne noch existierten! Wie gut, dass genaue Zeichnungen und Fotografien von der Fassade, den Türmen, Statuen und zahlreichen Reliefs an sicherer Stelle verwahrt waren! Die Steinbrüche vor der Stadt lieferten noch das gleiche Gestein, aus dem der Dom vor mehr als tausend Jahren erbaut worden war. Mit Beharrlichkeit und Treue würde man den Kampf gegen alle Schwierigkeiten aufnehmen und bestehen.

Nun geschah es eines Tages, dass sich während einer Führung hoch oben aus der Kuppel des Doms ein paar Steinbrocken und Mörtelstücke lösten. Mit dumpfem Geprassel schlugen sie vor dem Hauptaltar nieder, gerade in dem Moment, als sich der alte Sebastian mit seiner Gruppe anschickte, diese wichtigste Station seiner Führung zu verlassen.

Die Fremden stoben erschreckt auseinander. Niemand aus der Gruppe schien verletzt zu sein. Nur Sebastian war vor dem Altar zu Boden gestürzt. Ein Mörtelbrocken hatte ihn an der Schläfe getroffen. Bewusstlos und mit blutüberströmtem Gesicht wurde er weggetragen.

Während der Dom für einige Tage geschlossen blieb, brachte man den alten Mann ins Krankenhaus, wo Ärzte und Pfleger sich intensiv um ihn bemühten. Eine Woche lang lag Sebastian ohne Bewusstsein da. Man sorgte sich um sein Leben.

Doch dann besserte sich sein Zustand auf einmal. Er richtete sich im Bett auf, nahm Speise und Trank zu sich und antwortete klar und vernünftig auf die Fragen der Ärzte und Schwestern. Nur wenn die Rede auf seinen Unfall kam, wurde er seltsam still. Er erinnerte sich nur dunkel an den Vorfall, und auch über seine frühere Tätigkeit machte er zuweilen wunderliche Bemerkungen. Es war ungewiss, ob er jemals fähig sein würde, seine Arbeit als Domführer wieder aufzunehmen.

Eines Tages schien seine Gesundheit so weit gefestigt, dass man es wagen konnte, ihn wieder in sein altes Amt einzusetzen.

Bei der ersten Führung verlief alles in gewohnter Weise. Manchmal schien es, dass er nach Worten suchte; aber beim Anblick der wohl bekannten Stationen, der Säulenreihen, Altäre, Statuen und Bilder, fielen ihm die richtigen Sätze wieder ein. Hin und wieder hatte man jedoch den Eindruck, dass er sich selbst über die eigenen Worte wunderte – fast so, als höre er einem anderen zu.

Als die Gruppe schließlich vor dem Hauptaltar stand, eben an jener Stelle, wo ihn der Mörtelbrocken getroffen hatte, da schien den alten Mann auf einmal jegliche Erinnerung zu verlassen. Er verharrte sinnend, beide Hände wie abwesend erhoben. Wohl eine halbe Minute lang stand er da – und obwohl keiner der Anwesenden von seinem Unfall wusste, unterbrach niemand die Stille.

Einige sagten später, sein Gesichtsausdruck habe sich in dieser Minute verwandelt. Es sei gewesen, wie wenn einer eine Maske abnimmt und sein wahres Antlitz offenbart. Ein staunendes Antlitz, das den Anwesenden in neuer Weise zugewandt war.

Nur ein junger Mann aus der Gruppe schien nichts von der Besonderheit der Stunde zu spüren. Das lange Schweigen musste ihm unerträglich erschienen sein, und er meinte, des Beifalls der Gruppe sicher zu sein, wenn er die peinliche Szene durch eine witzige Bemerkung beendete. In Erinnerung an die kunstvoll gemalten Lettern der gerade besichtigten Messbücher deklamierte er – einen Priester nachahmend, in gespielt feierlichem Ton – den liturgischen Gruß: „Dominus vobiscum – der Herr sei mit euch!“

Und nun geschah das Unerwartete. Noch ehe die Worte des jungen Menschen in der Weite des Doms verhallt waren und bevor jemand dem Ehrfurchtslosen das Ungehörige seines Tuns hätte vorhalten können, schritt Sebastian auf den jungen Menschen zu. Mit erhobenen Händen berührte er wie segnend dessen Stirn und sprach laut und feierlich die liturgische Antwort: „Et cum spiritu tuo – und mit deinem Geist!“

Einer, der später von dem Vorfall berichtete, sagte, es sei wie eine heilige Handlung gewesen. Der junge Mensch habe unter den Händen des alten Mannes zu zittern begonnen und sei verstört davongeeilt. Allen war in dieser Stunde Neues widerfahren, wie sie es noch bei keiner Führung erlebt hatten.

Dies waren die letzten Worte des alten Domführers gewesen. Ehe ihn jemand hätte stützen können, war der alte Mann mit dumpfem Aufschlag auf die Steinplatten vor dem Altar gestürzt. Der herbeigerufene Arzt stellte fest, dass er – wohl infolge des unlängst erlittenen Unfalls – einem Gehirnschlag erlegen war.

Vater Aleksej

Zur Zeit eines der letzten Zaren lebte im Süden des russischen Reichs ein Bildhauer mit dem Namen Aleksej, dessen Werke im ganzen Land bekannt waren. Seine marmornen und bronzenen Monumentalfiguren standen auf vielen öffentlichen Plätzen und in unzähligen vornehmen Häusern. Man sagte, sogar der Zar habe ihm einmal Modell gestanden – und die Marmorbüste dann einem ausländischen Herrscher als Geschenk überreicht.

Als Aleksej den Höhepunkt seines Schaffens erreicht hatte, wurde er eines Tages gebeten, das Innere einer fernen Klosterkirche mit Ikonen auszumalen. Obwohl die Malkunst nicht sein eigentliches Gebiet war, nahm er den Auftrag an. Ein Jahr lang verbrachte der Künstler in dem abgelegenen Kloster. Während dieser Zeit übernahm er keine anderen Arbeiten, um sich ganz seiner Aufgabe widmen zu können.

Als er wieder an seinen alten Wohnort zurückkehrte, war nichts mehr in seinem Leben und Schaffen wie zuvor. Die Standbilder und Büsten, die er von nun an schuf, unterschieden sich ihrem Wesen nach von den stolzen Figuren, die überall im Land von den Sockeln der Denkmäler herabblickten.

Manche Kritiker sagten, die Figuren des berühmten Aleksej sähen neuerding aus wie Ikonen. Er gestalte die Menschen gar nicht so, wie sie wirklich seien, sondern wie er sie vor seinem geistigen Auge sehe. Eigentlich produziere er lauter Christusköpfe und Heiligenfiguren.

Da die Werke des Künstlers nun nicht mehr der menschlichen Eitelkeit schmeichelten, gingen seine Aufträge zurück – und binnen weniger Jahre war sein Name nur noch unter Kunstsachverständigen bekannt.

Aleksej hatte in dem Jahr, das er in dem Kloster verbrachte, nicht nur seinen Kunststil geändert; auch sein Menschenbild hatte sich gewandelt, einschließlich des Bildes, das er von sich selbst in sich trug. Er zog sich in eine einfache Klause am Rande eines Dorfes zurück, um sich fortan mehr der Meditation und dem Gebet als der gestaltenden Kunst zu widmen. Da er ehelos geblieben war, fühlte er sich frei, auf diese Art sein Leben neu zu ordnen.

Bald kamen neben den wenigen Kunstbeflissenen, die zu seiner Klause fanden, andere Menschen, die Rat und Hilfe in allerlei Lebens- und Glaubensfragen suchten. Aleksej spürte, dass die Arbeit an Statuen und Büsten nicht zu vergleichen war mit der Sorge um lebende Menschen. Er wusste seit der Wandlung, die ihm selbst widerfahren war, dass die Menschen von dem Weg, den Gott ihnen bestimmt hatte, abgekommen waren. Und doch waren sie alle irgendwie unterwegs zu sich selbst – auch wenn sie dabei oftmals auf Irrwege gerieten.

So ermunterte Aleksej suchende und in innere Not geratene Menschen, ihn zu besuchen. Er richtete eine Kammer für Gäste in seiner Wohnung ein, und diese Kammer blieb selten längere Zeit unbenutzt. Aleksejs Leben und Denken kreiste nun nicht mehr um Ikonen und Statuen, sondern um die Geschöpfe, die Gott nach seinem Bilde gestalten wollte.

Viele kamen zu ihm, die das Leben aus der Bahn geworfen hatte. Sie wussten, dass Vater Aleksej, wie er bald genannt wurde, Zeit für sie hatte. Bei ihm konnten sie in einer Atmosphäre von Liebe und Wahrheit ihr Leben vor Gott ausbreiten.

Eines Tages kam ein junges Ehepaar zur Klause des Bildhauers. Die beiden wollten einen letzten Versuch unternehmen, ihre zerbrechende Ehe zu retten. Obwohl sie Menschen waren, die den Weg des Glaubens gehen wollten, hatte sich doch Unfrieden in ihr Leben eingeschlichen. Beide hatten sich alle Mühe gegeben, miteinander auszukommen und sich gegenseitig anzunehmen, doch ihre unterschiedliche Natur ließ es nicht zu. Von Tag zu Tag wurde es schlimmer. Auch wenn sie sich schweigend zu ertragen suchten, war es kein Schweigen, das Frieden atmete. Die beiden merkten nun, dass sie am Ende ihrer Möglichkeiten angelangt waren.

Vater Aleksej hörte geduldig zu, während die Eheleute ihm aus ihrem Leben erzählten. Kluge Leute hatten ihnen schon gesagt, sie seien so gegensätzlich geartet, dass sie keine Aussicht hätten, eine glückliche Ehe zu führen. Die Leute schienen Recht zu behalten. Unzählige Versuche, ihre gefährdete Ehe neu werden zu lassen, waren bereits gescheitert. Und je mehr sie an sich selbst und aneinander gearbeitet hatten, desto schwieriger war das gemeinsame Leben geworden. Nun baten sie Vater Aleksej um seine Meinung und um Wegweisung. Vielleicht kannte er – der Ehelose – das Geheimnis, wie ihre Ehe gerettet werden konnte?

Vater Aleksej hörte sich den Bericht des Ehepaares aufmerksam an. Nach einer Weile des Schweigens sagte er ihnen, er müsse über alles nachdenken, aber er lade sie ein, für ein paar Tage seine Gäste zu sein.

So richtete sich das Paar in dem Gästezimmer ein. Sie teilten das einfache Leben des Einsiedlers, aßen an seinem Tisch, teilten auch seine stille Zeit, in der sie miteinander beteten, und halfen ihm bei seinem Tagewerk.

Am dritten Tag nahm Vater Aleksej das Ehepaar mit in seine einfache Werkstatt, wo er hin und wieder zu arbeiten pflegte. Er zeigte ihnen zwei Entwürfe von Büsten mit kaum angedeuteten Gesichtern, die er früh am Morgen aus Ton modelliert hatte.

„Die Büste zur Rechten stellt deinen Mann dar“, sagte er zu der Frau. „Du sollst sie nun so gestalten, wie es dem inneren Bild entspricht, das du von deinem Ehemann hast.“

Dann deutete er auf die zweite Büste und sagte zu dem Mann: „Die Büste zur Linken stellt deine Frau dar. Versuche sie nach dem Bild zu formen, das du von ihr in dir trägst.“

Beide Eheleute konnten ihre Verlegenheit kaum verbergen. Sie verstünden nichts von Bildgestaltung, wandten sie ein, und seien der Aufgabe nicht gewachsen. Doch Vater Aleksej bestand lächelnd auf seiner Bitte. Da begaben sie sich widerstrebend an die Werkbank. Als der Meister den Raum verlassen hatte, begannen sie mit ihren Fingern und den bereitliegenden Spachteln den Ton zu formen, um ihm die gewünschte Gestalt zu geben.

Nach einer Stunde trat Vater Aleksej wieder in den Raum, um das Werk des Ehepaares zu begutachten. Beide empfingen ihn mit Worten der Mutlosigkeit, die sie angesichts des offenbaren Misslingens ihrer Bemühungen befallen hatte.

„Er hat eine böse Karikatur von mir angefertigt", sagte die Frau unter Tränen. „Seht nur: Es ist genau das Bild, das er von mir hat!"

„Ich habe getan, was ich konnte", verteidigte sich der Mann. „Aber seht nur den Kopf, den sie geformt hat – er reizt nicht nur zum Zorn, er ist einfach abscheulich! So wie sie mich sieht, bin ich nicht. Darüber sollte man kein Wort verlieren!"

Vater Aleksej betrachtete schweigend die beiden Büsten. Er holte zwei große Spiegel herbei und hängte sie an die gegenüberliegende Wand. Er bat die Eheleute, ihren Arbeitsplatz zu wechseln. Jeder sollte an seinem Selbstbildnis arbeiten, vom eigenen Spiegelbild geleitet. Und er verließ wieder den Raum.

Als der Meister nach einer weiteren Stunde in die Werkstatt zurückkehrte, traf er das Ehepaar noch verzweifelter an als beim ersten Mal.

„Vater Aleksej", rief die Frau, „Ihr seht, dass die Bildgestaltung nicht unsere Stärke ist. Ich habe versucht, die Falten zu glätten, mit denen mein Mann mein Gesicht verunziert hat – und hatte auf einmal einen Puppenkopf unter den Händen. Dann versuchte ich, ganz wirklichkeitsgetreu darzustellen, wie ich mich im Spiegel sah – und seht nur, welch ein verschlossenes, böses Gesicht daraus geworden ist!"

„Ja, so ist es", sagte der Mann. „Und was ich da gestaltet habe, ist nicht einen Deut besser geworden. Ich habe versucht, die übertrieben harten Züge, die meine Frau in mein Gesicht gebracht hatte, zu mildern. Seht, welch eine Maske, welch ein verlogenes Gesicht ich da geschaffen habe!"

Vater Aleksej sah die Eheleute und ihre Kunstwerke lächelnd an.

„Es ist recht so“, sagte er. „Den ersten Teil eurer Aufgabe habt ihr ganz nach meinen Erwartungen erledigt. Ich sage nichts weiter dazu. Nun wollen wir mit dem zweiten Teil beginnen.“

Der Bildhauer bat das Paar, an die Werkbank zurückzukehren. Er nahm die beiden Spiegel von der Wand und wies sie an, erst einmal das Ergebnis ihrer bisherigen Arbeit still zu betrachten. Dann bat er sie, das Bild, das sie voneinander und auch von sich selbst hatten, fahren zu lassen und ihre Herzen für das neue Bild zu öffnen, das Gott ihnen offenbaren wollte. Er erzählte ihnen, was ihm selbst in dem fernen Kloster widerfahren war: wie andere ihm geholfen hatten, sich als Geschöpf Gottes neu zu verstehen – und wie sein gesamtes Leben daraufhin neu geworden war.

Anschließend bat Aleksej das Paar, seine Arbeit an der Büste des Partners wieder aufzunehmen. Er zeigte ihnen, wie sie das Werkstück nur mit den Fingerspitzen berühren sollten, ohne dass sie dem Ton Gewalt antaten.

„Es muss mehr eine Liebkosung sein als eine Anstrengung“, fügte er erklärend hinzu. Er ging von einem Ehepartner zum andern und führte sanft ihre tastenden Finger. Hin und wieder berührten auch seine eigenen Hände den Ton.

Mann und Frau tauschten auf Anweisung des Meisters mehrere Male ihren Arbeitsplatz. In der Werkstatt herrschte unterdessen eine erwartungsvolle Stille. Selbstvergessen und staunend sahen die Eheleute, dass unter ihren Händen Kunstwerke entstanden, wie sie es nicht für möglich gehalten hatten. Irgendwann zogen beide ihre Hände ganz zurück und überließen dem Meister die Vollendung.

Staunend blickten sie schließlich auf ihr Werk. War das ihr Werk? Sie erkannten sich selbst darin, obwohl es keine Bilder waren, wie sie der Spiegel zurückwarf. Sie sahen sich gegenseitig und doch in einer Weise, wie sie sich selbst noch nie gesehen hatten, wie nur das Auge des Künstlers sie gekannt hatte.

„Nun habt ihr den zweiten Teil eurer Arbeit vollendet", sagte Vater Aleksej. „Ihr hättet es nicht besser machen können. Nun sind wirklich Kunstwerke daraus geworden."

„Was uns betrifft", sagte der Mann, „bestand unsere Kunst eigentlich nur darin, dass wir so wenig wie möglich das Werk des wahren Künstlers behindert haben."

„Richtig. Denn so, wie sie jetzt sind, wurden die Gesichter erst, als wir unsere Hände ganz zurückzogen und den Meister allein arbeiten ließen", fügte die Frau hinzu.

„Das war euer Anteil an der künstlerischen Arbeit", sagte Vater Aleksej. „Jetzt lasst uns erst einmal ausruhen. Später am Tag wollen wir dann den letzten Teil unserer Aufgabe angehen."

Am späten Nachmittag geleitete Vater Aleksej das Ehepaar noch einmal in die Werkstatt. Er bat sie, auf zwei einander zugewandten Stühlen Platz zu nehmen und im Geiste die Gestaltungsarbeit, die sie vormittags an den Büsten vollbracht hatten, an sich selbst zu vollziehen. Lächelnd meinte er, die ersten beiden Sitzungen könnten sie sich ersparen, da sie ja in den letzten Jahren nichts anderes versucht hätten, als sich mit ungeübten Händen gegenseitig zu formen. Daher sollten sie gleich zur zweiten Stufe übergehen.

„Gewinnt ein neues Bild voneinander, so wie es der Künstler von euch hat, der euch geschaffen hat. Und dann gestaltet einander, indem ihr euch ganz zart mit den Fingerspitzen berührt und eure Hände von dem unsichtbar gegenwärtigen Bildhauer führen lasst. Schweigt und redet miteinander, so wie euch der Meister anweist. Ihr werdet keinen Spiegel mehr brauchen. – Ich werde draußen auf meiner Bank sitzen und in Freundschaft und Liebe an euch denken ... und mit dem reden, der allein die Fähigkeit hat, Menschen nach seinem Ebenbild zu gestalten."

Als Vater Aleksej in der Abenddämmerung wieder in den Raum trat, hatte das Paar allem Anschein nach seine Arbeit beendet. Sie saßen sich nicht mehr gegenüber, sondern nebeneinander, hielten sich umarmt, und einer streichelte das Gesicht des anderen. Sie hatten gar nicht bemerkt, wie Vater Aleksej eingetreten war. Ihre Gesichter strahlten eine innere Schönheit aus, die sie selbst an sich bisher noch nicht entdeckt hatten.

Vater Alexej blickte voller Freude auf das Paar. Dann trat er zu ihnen, legte ihnen die Hände auf und segnete sie.

Als sich die Eheleute am nächsten Morgen verabschiedeten, sagte Vater Aleksej: „Denkt daran: Die Arbeit an den beiden Bildwerken ist noch nicht vollendet. Sie muss weitergehen, solange euer Leben währt. Fallt nicht wieder zurück auf die erste Stufe. Lasst auch eure Spiegel beiseite, sie zeigen euch nicht euer wahres Bild. Euer wahres Bild kennt nur der Künstler selbst. Und vergesst nicht – die Berührung muss zart sein, damit sie als Zärtlichkeit empfunden wird. Und ihr müsst auch spüren, wann ihr eure Hände ganz müßig lassen müsst."

Vater Aleksej sah mit Wohlgefallen, wie sich das Paar, Hand in Hand, von seiner Klause entfernte. Er hatte beim Abschied bemerkt, dass in ihren Augen noch der gleiche Glanz lag, der am Vortag darin erwacht war. Und er hatte gesehen, dass es kein unstetes Flackern war, sondern ein stetiges Leuchten, das von ihnen ausging.

Der stumme Bruder

Es war zu der Zeit, als Franz von Assisi mit seinen Gefährten das italische Land durchzog. Es war keine gewöhnliche Zeit, ebenso wenig wie die Barfüßermönche, die sich um den Mann aus Assisi geschart hatten, gewöhnliche Menschen waren.

Wundersame Dinge geschahen im Leben dieser Männer, die gelobt hatten, arm zu bleiben und während ihres gesamten Lebens Gott und den Menschen zu dienen. Während sie Bedürftigen und Kranken durch ihrer Hände Arbeit halfen, zerfallene Kapellen wieder aufbauten und auf Straßen und öffentlichen Plätzen Buße und Vergebung der Sünden predigten, schienen die Gesetze der Welt ihre letzte Gültigkeit verloren zu haben. Die himmlische Welt leuchtete herein in die verfahrenen Verhältnisse der irdischen Welt, und viele Menschen begannen neu nach Gott und seinem Willen zu fragen.

Eines Tages kam ein Wandermönch, den sie den „Prediger" nannten, zu dem Armen von Assisi. Er berichtete ihm von einem Ereignis, das ihn ganz offensichtlich verstört hatte. Franziskus kannte den allseits geschätzten Volksredner und liebte ihn wie einen Bruder. Auch er hielt ihn für einen begnadeten Prediger, dem es gegeben war, seine Zuhörer innerlich zu bewegen und auf den Weg des Glaubens zu führen. Unzählige junge und alte Menschen hatten aufgrund seiner Predigt Buße getan und ein neues Leben begonnen.

Der Prediger sagte zu Franziskus, seinem geistlichen Vater: „Letzte Nacht ist mir im Traum ein Engel Gottes erschienen. Er sagte mir, meine Zeit, mit Worten zu predigen, sei um. Ich solle – nachdem ich mit dir Zwiesprache gehalten habe – meine verbleibende Lebenszeit schweigend verbringen. Nur einen einzigen Satz dürfe ich noch aussprechen, dann müsse ich sterben. Auch meine eigenen Gebete und die der Brüder dürfe ich nur im Herzen sprechen. Er mahnte mich, ich solle meinen letzten Satz nicht leichtfertig verschwenden, denn ich solle noch eine gute Wegstrecke gemeinsam mit den Brüdern gehen."

Franziskus sah den Bruder lange schweigend an. In seinen Augen stand banges Fragen, doch es war ein Bangen, das aus der Liebe kam, nicht aus dem Zweifel. Schließlich sagte er: „Und du willst nun, dass ich zu deinem Schweigegelübde meine Zustimmung gebe?"

„Nein, Bruder Franziskus. Es ist kein Gelübde, es ist ein Befehl Gottes. Ich müsste dem Engel auch ohne deine Zustimmung gehorchen. Ich möchte dich nur bitten, dass du verstehst, warum ich fortan schweigend durch das Land ziehe ... und dass du es den Brüdern erklärst und für mich betest."

Der Poverello, der kleine Arme, wie das Volk Franziskus nannte, war an ungewöhnliche Vorkommnisse in seiner Umgebung gewöhnt, und so reichte er dem Gefährten zum Zeichen seines Einverständnisses die Hand.

Fortan sprach Frate Muto, der stumme Bruder, wie man ihn bald nannte, kein Wort mehr. Im Übrigen veränderte sich seine Lebensweise nicht.

Die Mitbrüder fanden sich anfangs nur schwer mit dem stummen Gefährten ab. Viele bedauerten sein Schweigen zutiefst, denn die Massen strömten nicht mehr herbei, um den begnadeten Prediger zu hören, von dem auch ein bisschen Glanz auf sie alle gefallen war.

Frate Muto beschränkte sich seit seinem Gespräch mit dem Poverello darauf, durch seiner Hände Arbeit den Menschen zu helfen, die seiner Hilfe bedurften. Bald aber sagte das Volk von ihm: „Frate Muto predigt jetzt mit seinen Händen."

Der stumm gewordene Bruder schien wirklich mit den Händen zu predigen. Nicht nur, dass er anpackte, wo es etwas zu richten und auszubessern gab – er hatte kräftige Arme und verstand sich auf das Tischlerhandwerk –, er wusste auch zu unterscheiden, wo er zupacken oder die Hände müßig lassen sollte. Manches Mal saß er still an Krankenbetten und hielt die Hände leidender oder sterbender Menschen. Und gerade die Leidenden schienen die stille Predigt seiner Hände zu verstehen.

Auf Geheiß seiner Oberen begann Frate Muto kurz darauf, eine arme und im ganzen Land verrufene Berggegend zu durchziehen, in der für Gott seit langem kein Platz zu sein schien. Eines Tages kam er auf seiner Wanderung durch ein abgelegenes Tal zu einem einsamen Haus, das gerade von einer Feuersbrunst verzehrt wurde. Ohne dass er eingreifen konnte, musste Frate Muto mit ansehen, wie das Haus bis auf die Grundmauern niederbrannte. Die alten, kinderlosen Eheleute, die ihr Heim verloren hatten, standen ratlos und jammernd neben den rauchenden Trümmern.

Frate Muto wurde von einem Gefühl tiefer Liebe zu den beiden alten Menschen erfasst. Einen Augenblick lang sagte er sich, dies müsse wohl der Augenblick sein, um die ihm noch zustehenden Worte zu sprechen – und dann zu sterben. Konnte er die beiden Alten ungetröstet lassen? Aber dann blieb er doch still und legte nur seine Arme um die Schultern des alten Ehepaares.

Die beiden Alten wurden unter seinen bergenden Armen ruhig. Dann begannen sie ihre Habseligkeiten zusammenzusuchen, die sie aus der Feuersbrunst gerettet hatten.

Frate Muto entdeckte ein Beil und eine Handsäge und machte sich sogleich ans Werk. Er richtete aus halb verbrannten Balken und den noch verwendbaren Dachziegeln eine Notunterkunft, in der sie die Nacht miteinander verbrachten.

Am nächsten Morgen zog Frate Muto mit Beil und Säge los. Durch Gesten und Mienenspiel gab er den Hirten und Bauern in den Nachbartälern zu verstehen, dass er Bauholz suche. Das Unglück der beiden Alten hatte sich bereits herumgesprochen, ebenso dass ein stummer Barfüßermönch sich zu ihnen gesellt hatte, um ihnen zu helfen. So verstanden die Leute sein Begehren wohl, aber sie verhielten sich ablehnend. Was hatten sie mit dem Unglück der beiden Alten zu schaffen? Und was mischte sich der wunderliche Fremde in ihr Leben ein?

Nur einer der Bergbauern, der ihn zuerst wüst beschimpft hatte – da ihn einmal ein Wandermönch schwer beleidigt habe, wie er sagte –, erlaubte ihm schließlich, in seinem Wald ein paar Bäume zu fällen. Als er dann sah, wie der Fremde sich mit den Baumstämmen abmühte, stellte er ihm gar ein Pferd zur Verfügung, um die Stämme zur Baustelle zu befördern. Er wusste selbst nicht, warum er es tat. Das Schweigen des wunderlichen Fremden hatte ihm alle denkbaren Einwände geraubt.

Zwei Monate verbrachte Frate Muto bei dem alten Ehepaar. Er arbeitete vom Morgen bis zum Abend an der Wiederherstellung des abgebrannten Hauses. Die beiden Alten halfen mit, so gut sie es vermochten. Die wenigen Menschen, die vorüberkamen, schüttelten den Kopf – oder sie schauten weg, um ihr Gewissen nicht weiter zu beunruhigen. Nur einige arme Bergbauern und Schafhirten kamen wie verschämt im Morgengrauen oder während der Abenddämmerung und ließen wortlos ein Brett, einen Balken, ein halbes Dutzend Dachziegel oder auch ein Brot an der Baustelle zurück.

Innerhalb von zwei Monaten stand das Haus des alten Ehepaares wieder aufgerichtet da. Frate Muto half den beiden noch dabei, sich notdürftig wieder einzurichten, legte ihnen dann in stummer Gebärde segnend die Hände auf die grauen Köpfe und zog seines Weges.

Als wenig später einige Wandermönche predigend die vormals verrufenen Bergtäler durchzogen, trafen sie zu ihrer Verwunderung auf Menschen, die mit offenen Ohren auf ihre Botschaft hörten. Der steinige Boden war auf wundersame Weise für die Saat bereitet worden.

Eines Tages traf Frate Muto in der Nähe eines Dorfes zwei Männer, die miteinander in Streit geraten waren. Sie beschimpften sich gegenseitig in unflätiger Weise und fingen dann an, sich zu schlagen und mit den Füßen zu treten.

Frate Muto war sich wieder einen Augenblick lang unschlüssig: Sollte er den beiden Streitenden nicht Buße predigen, wie er es früher in ähnlichen Fällen mit großer geistlicher Kraft getan hatte – schon um einen möglichen Mord zu verhindern? War es nicht besser, er selbst musste sterben, als dass einer der Streitenden sich furchtbar versündigte und dann vor den ewigen Richter gerufen wurde?

Als einer der Männer plötzlich nach einem Stein griff und begann, auf den anderen einzuschlagen, warf sich der Mönch kurz entschlossen zwischen die beiden. Er entwand dem Rasenden den Stein und versuchte, die Kämpfenden zu trennen.

Der durch die Steinschläge Verwundete hatte beim Eingreifen des Fremden die Oberhand gewonnen – und hätte seinen Widersacher mit bloßen Händen erwürgt, hätte nicht Frate Muto die umklammernden Finger vom Hals seines Gegners gelöst. Als die beiden Streitenden merkten, dass der Fremde für keinen von ihnen Partei ergriff, fingen sie beide an, auf ihn einzuschlagen. Erst als sie feststellten, dass er sich nicht wehrte, ließen sie von ihm ab.

Zerschunden und aus einer Kopfwunde blutend warf sich Frate Muto am Wegrand auf die Knie. In seiner übel zugerichteten Kleidung war er momentan von einem Landstreicher nicht mehr zu unterscheiden. Die beiden Männer betrachteten den Fremden misstrauisch, nahmen aber ihren Kampf nicht wieder auf. Sie gingen beide ihres Weges und überließen den Mönch sich selbst. Entkräftet blieb er am Wegrand liegen.

Spät in der Nacht erwachte Frate Muto aus seinem unruhigen Schlaf. Ein Mann hatte sich im Dunkeln an ihm zu schaffen gemacht und versuchte, ihn aufzurichten. Dann merkte er, dass noch ein zweiter hinzugekommen war. Es waren die Männer, deren Streit er am Vortag zu schlichten versucht hatte. Beide waren im Dunkel der Nacht zurückgekommen, um nach dem verwundeten Barfüßermönch zu sehen. Ihren Streit schienen sie vergessen zu haben. Und so landete Frate Muto – von den beiden halb gestützt und halb getragen – in der Schankwirtschaft, die einer von beiden mitten im Dorf betrieb.

In einem Kämmerchen im Obergeschoss der Wirtschaft verbrachte Frate Muto eine gehörige Zeit, bis er wieder zu Kräften kam. Die Frau des Wirts hatte seine Kopfwunde gereinigt und verbunden und versorgte ihn mit Speis und Trank.

In den ersten Tagen hatten der Mönch und die Wirtsleute sich nur angeschwiegen. Aber das Schweigen wurde gemildert durch Gesten der Freundlichkeit und des Verstehens. Bald saßen die Kinder des Hauses neben dem Bett des Barfüßermönchs, brachten ihm Blumen und Früchte und erzählten von ihren Erlebnissen. Der Engel hatte ihm ja nur das Reden verwehrt, nicht das Lächeln. Nun predigte sein Gesicht genauso, wie seine Hände es getan hatten.

Eines Tages besuchte ihn der Mann, der als Zweiter an der Schlägerei beteiligt gewesen war. Offenbar hatte er sich mit seinem Gegner ausgesöhnt; jedenfalls erinnerte nichts mehr an den bösen Streit, durch den der Mönch ins Dorf gekommen war.

Frate Muto blieb nach seiner Genesung noch einige Zeit im Dorf, half Bedürftigen bei ihrer Arbeit, pflegte Kranke, gesellte sich zu Leidenden. Die Dorfbewohner hatten sich bald an den stummen Barfüßer gewöhnt. Verwundert nahmen sie zur Kenntnis, dass sich ihr Dorf verwandelt hatte: Es war, als ob jemand eine Kerkertür aufgetan hätte und die Gefangenen durch sein Beispiel dazu ermunterte, in die Freiheit Jesu Christi zu entweichen.

In der Nähe des Dorfes stand ein altes, halb verfallenes Gehöft, in dem mehrere aussätzige Männer und Frauen hausten. Die Dorfleute brachten hin und wieder abgetragene Kleider in die Nähe des Gemäuers, oder sie hängten Beutel mit Brot und anderen Lebensmitteln an das Hoftor. Keiner besuchte die Kranken; ja selbst von ihren eigenen Angehörigen wurden sie gemieden.

Einige fromme Dorfbewohner wagten sich zuweilen bis an den Zaun und ließen Zettel mit Glaubensworten zurück. Oder sie riefen den Kranken aus sicherer Entfernung Worte der Hoffnung und der Ermunterung zu.

Als Frate Muto von den Aussätzigen erfuhr, zögerte er nicht lange, sondern suchte Kontakt zu ihnen. Franz von Assisi hatte schließlich selbst mit Aussätzigen zusammengelebt und war ihr Bruder geworden. Bald siedelte Frate Muto ganz zu den Ausgestoßenen über und lebte mit ihnen unter einem Dach. Auch ihnen durfte er nur mit den Händen predigen, obwohl es ihm hier besonders schwer fiel, stumm zu bleiben. Alles, was er den Unglücklichen zu sagen hatte, musste in der Sprache der Gesten und des Dienstes geschehen.

So verband er verstümmelte Gliedmaßen, versuchte Schmerzen zu lindern und Hunger und Durst der Elenden zu stillen, wo immer er konnte. Bald half ihm eine Schar von weniger schwer Erkrankten bei seiner Arbeit. Auch die Dorfbewohner hatten mittlerweile Mut bekommen, mehr für die Kranken zu tun. Einige wagten sich schließlich sogar in das Gehöft hinein. So besserte sich das Los der Aussätzigen auf mancherlei Weise.

Eines Tages wurde Frate Muto zu einer alten Frau gerufen, deren letzte Stunde gekommen schien. Sie hatte in ihrem Leben unsägliche Leiden erduldet, und der Aussatz hatte sie fast bis zur Unkenntlichkeit entstellt. Unter all den Ausgestoßenen lebte sie gleichsam als zweifach Geächtete: Ihres schlechten Rufes wegen wurde sie von den meisten Kranken gemieden, und so hatte sie sich daran gewöhnt, allein zu sein und nur mit sich selbst zu reden.

Frate Muto wusste um das wilde Leben, das die Frau in jungen Jahren geführt hatte. Er hatte manches Mal an ihrem Lager gesessen und ihren wirren, unruhigen Reden gelauscht. In ihren Selbstgesprächen hatte sie sich selbst und die ganze Welt angeklagt – ein Gefäß, das von Bitterkeit und Jammer überfloss.

Jetzt lag sie im Sterben, und als Frate Muto neben ihrem Lager niederkniete und sein Ohr an ihren Mund hielt, hörte er, wie sie immer wieder vor sich hin murmelte: „Gott hat mich verworfen ... verworfen und verdammt für alle Ewigkeit!“

Als er die verzweifelten Worte der Sterbenden hörte, überkam ihn eine große innere Gewissheit. Die Stunde war gekommen, an der er zu reden hatte!

Er fasste die verstümmelten Hände der Frau und rief ihr mit lauter und klarer Stimme ins Ohr: „Im Namen Jesu Christi sage ich dir: Gott liebt dich von Ewigkeit zu Ewigkeit!"

Kaum hatte er die Worte ausgesprochen, da sank sein Haupt über die Sterbende. Als ihn die Umstehenden aufzurichten versuchten, wurden sie gewahr, dass er nicht mehr lebte.

Wenige Stunden nach ihm starb auch die aussätzige Frau. Sie hatte aufgehört zu klagen, ihre Augen ruhig in die Ferne gerichtet. Die beiden Toten wurden Seite an Seite auf dem Aussätzigenfriedhof bestattet.

Als man Franziskus vom Tode des Freundes berichtete und er erfuhr, welches seine letzten Worte gewesen waren und unter welchen Umständen sie gesprochen wurden, da verharrte er eine Weile schweigend. Schließlich sagte er: „Unser Bruder Prediger lebte und starb als ein treuer Knecht unseres Herrn. Gottes Name sei gelobt!"

Johannes Gillhof

Jürnjakob Swehn, der Amerikafahrer

208 Seiten
gebunden
ISBN 3-7655-1684-8

Die Armut in seiner mecklenburgischen Heimat treibt Jürnjakob Swehn dazu, 1868 nach Amerika auszuwandern. Er pachtet eine kleine Farm, heiratet und bringt es mit der Zeit zu bescheidenem Wohlstand. Aber die alte Heimat hat er nicht vergessen. Eine herzerfrischende, humorvolle Lektüre.

BRUNNEN VERLAG GIESSEN